Tucholsky Wagner Zola Scott Sydow Freud Schlegel
Turgenev Fonatne
Wallace Walther von der Vogelweide Fouqué Friedrich II. von Preußen
Twain Weber Freiligrath
Fechner Fichte Weiße Rose von Fallersleben Kant Ernst Frey Frommel
Hölderlin Richthofen
Engels Fielding Eichendorff Tacitus Dumas
Fehrs Faber Flaubert Eliasberg Ebner Eschenbach
Feuerbach Maximilian I. von Habsburg Fock Zweig Vergil
Ewald Eliot
Goethe Elisabeth von Österreich London
Mendelssohn Balzac Shakespeare Dostojewski Ganghofer
Trackl Lichtenberg Rathenau Doyle Gjellerup
Stevenson Tolstoi Hambruch
Mommsen Thoma Lenz Hanrieder Droste-Hülshoff
Dach Verne von Arnim Hägele Hauff Humboldt
Reuter Rousseau Hagen Hauptmann Gautier
Karrillon Garschin
Damaschke Defoe Hebbel Baudelaire
Descartes Hegel Kussmaul Herder
Wolfram von Eschenbach Dickens Schopenhauer Rilke George
Bronner Darwin Melville Grimm Jerome
Campe Horváth Aristoteles Bebel Proust
Bismarck Vigny Voltaire Federer Herodot
Gengenbach Barlach Heine
Storm Casanova Tersteegen Grillparzer Georgy
Chamberlain Lessing Gilm
Brentano Langbein Gryphius
Strachwitz Claudius Schiller Lafontaine
Katharina II. von Rußland Schilling Iffland Sokrates
Bellamy Kralik
Gerstäcker Raabe Gibbon Tschechow
Löns Hesse Hoffmann Gogol Wilde Vulpius
Luther Heym Hofmannsthal Klee Hölty Morgenstern Gleim
Roth Heyse Klopstock Kleist Goedicke
Luxemburg Puschkin Homer Mörike
Machiavelli La Roche Horaz Musil
Navarra Aurel Musset Kierkegaard Kraft Kraus
Nestroy Marie de France Lamprecht Kind Kirchhoff Hugo Moltke
Nietzsche Nansen Laotse Ipsen Liebknecht
Marx Lassalle Gorki Klett Ringelnatz
von Ossietzky May vom Stein Leibniz
Petalozzi Lawrence Irving
Platon Knigge
Sachs Pückler Michelangelo Kock Kafka
Poe Liebermann
de Sade Praetorius Mistral Zetkin Korolenko

Der Verlag tradition aus Hamburg veröffentlicht in der Reihe **TREDITION CLASSICS** Werke aus mehr als zwei Jahrtausenden. Diese waren zu einem Großteil vergriffen oder nur noch antiquarisch erhältlich.

Symbolfigur für **TREDITION CLASSICS** ist Johannes Gutenberg (1400 — 1468), der Erfinder des Buchdrucks mit Metalllettern und der Druckerpresse.

Mit der Buchreihe **TREDITION CLASSICS** verfolgt tradition das Ziel, tausende Klassiker der Weltliteratur verschiedener Sprachen wieder als gedruckte Bücher aufzulegen – und das weltweit!

Die Buchreihe dient zur Bewahrung der Literatur und Förderung der Kultur. Sie trägt so dazu bei, dass viele tausend Werke nicht in Vergessenheit geraten.

Schulmeisterlein Wutz

Jean Paul Richter

Impressum

Autor: Jean Paul Richter
Umschlagkonzept: toepferschumann, Berlin

Verlag: tredition GmbH, Hamburg
ISBN: 978-3-8472-5882-7
Printed in Germany

Jean Paul

Leben des vergnügten Schulmeisterlein Maria Wutz in Auenthal

Eine Art Idylle

Wie war dein Leben und Sterben so sanft und meerstille, du vergnügtes Schulmeisterlein Wutz! Der stille laue Himmel eines Nachsommers ging nicht mit Gewölk, sondern mit Duft um dein Leben herum: deine Epochen waren die Schwankungen und dein Sterben war das Umlegen einer Lilie, deren Blätter auf stehende Blumen flattern – und schon außer dem Grabe schliefest du sanft!

Jetzt aber, meine Freunde, müssen vor allen Dingen die Stühle um den Ofen, der Schenktisch mit dem Trinkwasser an unsre Knie gerückt und die Vorhänge zugezogen und die Schlafmützen aufgesetzt werden, und an die grand monde über der Gasse drüben und ans Palais royal muß keiner von uns denken, bloß weil ich die ruhige Geschichte des vergnügten Schulmeisterlein erzähle – und du, mein lieber Christian, der du eine einatmende Brust für die einzigen feuerbeständigen Freuden des Lebens, für die häuslichen, hast, setze dich auf den Arm des Großvaterstuhls, aus dem ich herauserzähle, und lehne dich zuweilen ein wenig an mich! Du machst mich gar nicht irre.

Seit der Schwedenzeit waren die Wutze Schulmeister in Auenthal, und ich glaube nicht, daß einer vom Pfarrer oder von seiner Gemeinde verklagt wurde. Allemal acht oder neun Jahre nach der Hochzeit versahen Wutz und Sohn das Amt mit Verstand – unser Maria Wutz dozierte unter seinem Vater schon in der Woche das Abc, in der er das Buchstabieren erlernte, das nichts taugt. Der Charakter unsers Wutz hatte, wie der Unterricht anderer Schulleute, etwas Spielendes und Kindisches; aber nicht im Kummer, sondern in der Freude.

Schon in der Kindheit war er ein wenig kindisch. Denn es gibt zweierlei Kinderspiele, kindische und ernsthafte – die ernsthaften sind Nachahmungen der Erwachsenen, das Kaufmann-, Soldaten-, Handwerker-Spielen – die kindischen sind Nachäffungen der Tiere. Wutz war beim Spielen nie etwas anders als ein Hase, eine Turteltaube oder das Junge derselben, ein Bär, ein Pferd oder gar der Wagen daran. Glaubt mir! ein Seraph findet auch in unsern Kollegien und Hörsälen keine Geschäfte, sondern nur Spiele und, wenn ers hoch treibt, jene zweierlei Spiele.

Indes hatt' er auch, wie alle Philosophen, seine ernsthaftesten Geschäfte und Stunden. Setzte er nicht schon längst – ehe die brandenburgischen erwachsenen Geistlichen nur fünf Fäden von buntem Überzug umtaten – sich dadurch über große Vorurteile weg, daß er eine blaue Schürze, die seltner der geistliche Ornat als der in ein Amt tragende Dr. Fausts-Mantel guter Kandidaten ist, vormittags über sich warf und in diesem himmelfarbigen Meßgewand der Magd seines Vaters die vielen Sünden vorhielt, die sie um Himmel und Hölle bringen konnten? – Ja er griff seinen eignen Vater an, aber nachmittags; denn wenn er diesem *Cobers* Kabinettprediger vorlas, wars seine innige Freude, dann und wann zwei, drei Worte oder gar Zeilen aus eignen Ideen einzuschalten und diese Interpolation mit wegzulegen, als spräche Herr Cober selbst mit seinem Vater. Ich denke, ich werfe durch diese Personalie vieles Licht auf ihn und einen Spaß, den er später auf der Kanzel trieb, als er auch nachmittags den Kirchgängern die Postille an Pfarrers Statt vorlas, aber mit so viel hineingespielten eignen Verlagartikeln und Fabrikaten, daß er dem Teufel Schaden tat und dessen Diener rührte. »Justel«, sagt' er nachher um 4 Uhr zu seiner Frau, »was weißt du unten in deinem Stuhl, wie prächtig es einem oben ist, zumal unter dem Kanzelliede!«

Wir könnens leicht bei seinen ältern Jahren erfragen, wie er in seinen Flegeljahren war. Im Dezember von jenen ließ er allemal das Licht eine Stunde später bringen, weil er in dieser Stunde seine Kindheit – jeden Tag nahm er einen andern Tag vor – rekapitulierte. Indem der Wind seine Fenster mit Schnee-Vorhängen verfinsterte und indem ihn aus den Ofen-Fugen das Feuer anblinkte: drückte er die Augen zu und ließ auf die gefrornen Wiesen den längst vermoderten Frühling niedertauen; da bauete er sich mit der Schwester in den Heuschober ein und fuhr auf dem architektonisch gewölbten Heu-Gebirge des Wagens heim und riet droben mit geschlossenen Augen, wo sie wohl nun führen. In der Abendkühle, unter dem Schwalben-Scharmuzieren über sich, schoß er, froh über die untere Entkleidung und das Deshabillé der Beine, als schreiende Schwalbe herum und mauerte sich für sein Junges – ein hölzerner Weihnachthahn mit angepichten Federn wars – eine Kot-Rotunda mit einem Schnabel von Holz und trug hernach Bettstroh und Bettfedern zu Nest. Für eine andere palingenesierende Winter-Abendstunde wurde ein prächtiger Trinitatis (ich wollt', es gäbe 365 Trinitatis) aufgehoben, wo er am Morgen, im tönenden Lenz um ihn und in ihm, mit läutendem Schlüssel-Bund durch das Dorf in den Garten stolzierte, sich im Tau abkühlte und das glühende Gesicht durch die tropfende Johannisbeer-Staude drängte, sich mit dem hochstämmigen Grase maß und mit zwei schwachen Fingern die Rosen für den Herrn Senior und sein Kanzelpult abdrehte. An eben diesem Trinitatis – das war die zweite Schüssel an dem nämlichen Dezember-Abend – quetschete er, mit dem Sonnenschein auf dem Rücken, den Orgeltasten den Choral »Gott in der Höh' sei Ehr'« ein oder ab (mehr kann er noch nicht) und streckte die kurzen Beine mit vergeblichen Näherungen zur Parterre-Tastatur hinunter, und der Vater riß für ihn die richtigen Register heraus. Er würde die ungleichartigsten Dinge zusammenschütten, wenn er sich in den gedachten beiden Abendstunden erinnerte, was er im Kindheit-Dezember vornahm; aber er war so klug, daß er sich erst in einer dritten darauf besann, wie er sonst abends sich aufs Zuketten der Fensterläden freute, weil er nun ganz gesichert vor allem in der lichten Stube hockte, daher er nicht gern lange in die von abspiegelnden Fensterscheiben über die Läden hinausgelagerte Stube hineinsah; wie er und seine Geschwister die abendliche Kocherei der Mutter ausspionierten, unterstützten und unterbrachen, und wie er und sie mit zugedrückten Augen und zwischen den Brustwehr-Schenkeln des Vaters auf das Blenden des kommenden Talglichts sich spitzten, und wie sie in dem aus dem unabsehlichen Gewölbe des Universums herausgeschnittenen oder hineingebauten Closet ihrer Stube so beschirmt waren, so warm, so satt, so wohl ... Und alle Jahre, sooft er diese Retourfuhre seiner Kindheit und des Wolfmonats darin veranstaltete, vergaß und erstaunt' er – sobald das Licht angezündet wurde –, daß in der Stube, die er sich wie ein Loretto-Häuschen aus dem Kindheit-Kanaan herüberholte, er ja gerade jetzt säße. – So beschreibt er wenigstens selber diese Erinnerung- *hohen-Opern* in seinen *Rousseauischen Spaziergängen*, die ich da vor mich lege, um nicht zu lügen ...

Allein ich schnüre mir den Fuß mit lauter Wurzelngeflecht und Dickicht ein, wenn ichs nicht dadurch wegreiße, daß ich einen gewissen äußerst wichtigen Umstand aus seinem männlichen Alter herausschneide und sogleich jetzo aufsetze; nachher aber soll ordentlich a priori angefangen und mit dem Schulmeisterlein langsam in den drei *aufsteigenden Zeichen* der Alterstufen hinauf und auf der andern Seite in den drei *niedersteigenden* wieder hinab gegangen werden – bis Wutz am Fuß der tiefsten Stufe vor uns ins Grab fällt.

Ich wollte, ich hätte dieses Gleichnis nicht genommen. Sooft ich in Lavaters Fragmenten oder in Comenii orbis pictus oder an einer Wand das Blut- und Trauergerüste der sieben Lebens-Stationen besah – sooft ich zuschauete, wie das gemalte Geschöpf, sich verlängernd und ausstreckend, die Ameisen-Pyramide aufklettert, drei Minuten droben sich umblickt und einkriechend auf der andern Seite niederfährt und abgekürzt umkugelt auf die um diese Schädelstätte liegende Vorwelt – und sooft ich vor das atmende Rosengesicht voll Frühlinge und voll Durst, einen Himmel auszutrinken, trete und bedenke, daß nicht Jahrtausende, sondern Jahrzehende dieses Gesicht in das zusammengeronnene zerknüllte Gesicht voll überlebter Hoffnungen ausgedorret haben ... Aber indem ich über andre mich betrübe, heben und senken mich die Stufen selber, und wir wollen einander nicht so ernsthaft machen!

Der wichtige Umstand, bei dem uns, wie man behauptet, so viel daran gelegen ist, ihn voraus zu hören, ist nämlich der, daß Wutz eine ganze Bibliothek – wie hätte der Mann sich eine kaufen können? – sich eigenhändig schrieb. Sein Schreibzeug war seine Taschendruckerei; jedes neue Meßprodukt, dessen Titel das Meisterlein ansichtig wurde, war nun so gut als geschrieben oder gekauft: denn es setzte sich sogleich hin und machte das Produkt und schenkt' es seiner ansehnlichen Büchersammlung, die, wie die heidnischen, aus lauter Handschriften bestand. Z. B. kaum waren die physiognomischen Fragmente von Lavater da: so ließ Wutz diesem fruchtbaren Kopfe dadurch wenig voraus, daß er sein Konzeptpapier in Quarto brach und drei Wochen lang nicht vom Sessel wegging, sondern an seinem eignen Kopfe so lange zog, bis er den physiognomischen Fötus herausgebracht (- er bettete den Fötus aufs Bücherbrett hin –) und bis er sich dem Schweizer nachgeschrieben hatte. Diese Wutzische Fragmente übertitelte er die Lavaterschen und merkte an: »er hätte nichts gegen die gedruckten; aber seine Hand sei hoffentlich ebenso leserlich, wenn nicht besser als irgendein Mittel-Fraktur-Druck.« Er war kein verdammter Nachdrucker, der das Original hinlegt und oft das meiste daraus abdruckt: sondern er nahm gar keines zur Hand. Daraus sind zwei Tatsachen vortrefflich zu erklären: erstlich die, daß es manchmal mit ihm haperte und daß er z. B. im ganzen Federschen Traktat über Raum und Zeit von nichts handelte als vom Schiffs- *Raum* und der *Zeit*, die man bei Weibern Menses nennt. Die zweite Tatsache ist seine Glaubenssache: da er einige Jahre sein Bücherbrett auf diese Art voll geschrieben und durchstudieret hatte, so nahm er die Meinung an, seine Schreibbücher wären eigentlich die kanonischen Urkunden, und die gedruckten wären bloße Nachstiche seiner geschriebnen; nur das, klagt' er, könn' er – und böten die Leute ihm Balleien dafür an – nicht herauskriegen, wienach und warum der Buchführer das Gedruckte allzeit so sehr verfälsche und umsetze, daß man wahrhaftig schwören sollte, das Gedruckte und das Geschriebne hätten doppelte Verfasser, wüßte man es nicht sonst.

Es war einfältig, wenn etwa ihm zum Possen ein Autor sein Werk gründlich schrieb, nämlich in Querfolio – oder witzig, nämlich in Sedez: denn sein Mitmeister Wutz sprang den Augenblick herbei und legte seinen Bogen in die Quere hin, oder krempte ihn in Sedezimo ein.

Nur *ein* Buch ließ er in sein Haus, den Meßkatalog; denn die besten Inventarienstücke desselben mußte der Senior am Rande mit einer schwarzen Hand bestempeln, damit er sie hurtig genug schreiben konnte, um das Ostermeß-Heu in die Panse des Bücherschranks hineinzumähen, eh' das Michaelis-Grummet herausschoß. Ich möchte seine Meisterstücke nicht schreiben. Den größten Schaden hatte der Mann davon – Verstopfung zu halben Wochen und Schnupfen auf der andern Seite –, wenn der Senior (sein Friedrich Nicolai) zu viel Gutes, das er zu schreiben hatte, anstrich und seine Hand durch die gemalte ansportne; und sein Sohn klagte oft, daß in manchen Jahren sein Vater vor literarischer Geburtarbeit kaum niesen konnte, weil er auf einmal Sturms Betrachtungen, die verbesserte Auflage, Schillers Räuber und Kants Kritik der reinen Vernunft der Welt zu schenken hatte. Das geschah bei Tage; abends aber mußte der gute Mann nach dem Abendessen noch gar um den Südpol rudern und konnte auf seiner Cookischen Reise kaum drei gescheite Worte zum Sohne nach Deutschland hinaufreden. Denn da unser Enzyklopädist nie das innere Afrika oder nur einen spanischen Maulesel-Stall betreten, oder die Einwohner von beiden gesprochen hatte: so hatt' er desto mehr Zeit und Fähigkeit, von beiden und allen Ländern reichhaltige Reisebeschreibungen zu liefern – ich meine solche, worauf der Statistiker, der Menschheit-Geschichtschreiber und ich selber fußen können – erstlich deswegen, weil auch andre Reisejournalisten häufig ihre Beschreibungen ohne die Reise machen – zweitens auch, weil Reisebeschreibungen überhaupt unmöglich auf eine andre Art zu machen sind, angesehen noch kein Reisebeschreiber wirklich vor oder in dem Lande stand, das er silhouettierte: denn so viel hat auch der Dümmste noch aus Leibnizens vorherbestimmten Harmonie im Kopfe, daß die Seele, z. B. die Seelen eines Forsters, Brydone, Björnstähls – insgesamt seßhaft auf dem Isolierschemel der versteinerten Zirbeldrüse – ja nichts anders von Südindien oder Europa beschreiben können, als was jede sich davon selber erdenkt und was sie, beim gänzlichen Mangel äußerer Eindrücke, aus ihren *fünf Kanker-Spinnwarzen* vorspinnt und abzwirnt. Wutz zerrete sein Reisejournal auch aus niemand anders als aus sich.

Er schreibt über alles, und wenn die gelehrte Welt sich darüber wundert, daß er fünf Wochen nach dem Abdruck der Wertherschen Leiden einen alten Flederwisch nahm und sich eine harte Spule auszog und damit stehendes Fußes sie schrieb, die Leiden – ganz Deutschland ahmte nachher seine Leiden nach –: so wundert sich niemand weniger über die gelehrte Welt als ich; denn wie kann sie Rousseaus Bekenntnisse gesehen und gelesen haben, die Wutz schrieb und die dato noch unter seinen Papieren liegen? In diesen spricht aber J. J. Rousseau oder Wutz (das ist einerlei) so von sich, allein mit andern Einkleid-Worten: »er würde wahrhaftig nicht so dumm sein, daß er Federn nähme und die besten Werke machte, wenn er nichts brauchte, als bloß den Beutel aufzubinden und sie zu erhandeln. Allein er habe nichts darin als zwei schwarze Hemd-knöpfe und einen kotigen Kreuzer. Woll' er mithin etwas Gescheites lesen, z. B. aus der praktischen Arzneikunde und aus der Kranken-Universalhistorie: so müss' er sich an seinen triefenden Fensterstock setzen und den Bettel ersinnen. An wen woll' er sich wenden, um den Hintergrund des Freimäurer-Geheimnisses auszuhorchen, an welches Dionysius-Ohr, mein' er, als an seine zwei eignen? Auf diese an seinen eignen Kopf angeöhrten hör' er sehr, und indem er die Freimäurer-Reden, die er schreibe, genau durchlese und zu verstehen trachte: so merk' er zuletzt allerhand Wunderdinge und komme weit und rieche im ganzen genommen Lunten. Da er von Chemie und Alchemie so viel wisse wie Adam nach dem Fall, als er alles vergessen hatte: so sei ihm ein rechter Gefallen geschehen, daß er sich den Annulus Platonis geschmiedet, diesen silbernen Ring um den Blei-Saturn, diesen Gyges-Ring, der so vielerlei unsichtbar mache, Gehirne und Metalle; denn aus diesem Buche dürft' er, sollt' ers nur einmal ordentlich begreifen, frappant wissen, wo Bartel Most hole.«- jetzt wollen wir wieder in seine Kindheit zurück.

Im zehnten Jahre verpuppte er sich in einen mulattenfarbigen Alumnus und obern Quintaner der Stadt Scheerau. Sein Examinator muß mein Zeuge sein, daß es keine weiße Schminke ist, die ich meinem Helden anstreiche, wenn ichs zu berichten wage, daß er nur noch ein Blatt bis zur vierten Deklination zurückzulegen hatte und daß er die ganze Geschlecht-Ausnahme thorax caudex pulex-que vor der Quinta wie ein Wecker abrollte – bloß die Regel wußt' er nicht. Unter allen Nischen des Alumneums war nur eine so gescheuert und geordnet, gleich der Prunkküche einer Nürnbergerin: das war seine; denn zufriedene Menschen sind die ordentlichsten. Er kaufte sich aus seinem Beutel für zwei Kreuzer Nägel und beschlug seine Zelle damit, um für alle Effekten besondere Nägel zu haben – er schlichtete seine Schreibbücher so lange, bis ihre Rücken so bleirecht aufeinander lagen wie eine preußische Fronte, und er ging beim Mondschein aus dem Bette und visierte so lange um seine Schuhe herum, bis sie parallel nebeneinander standen. – War alles metrisch: so rieb er die Hände, riß die Achseln über die Ohren hinauf, sprang empor, schüttelte sich fast den Kopf herab und lachte ungemein.

Eh' ich von ihm weiter beweise, daß er im Alumneum glücklich war: will ich beweisen, daß dergleichen kein Spaß war, sondern eine herkulische Arbeit. Hundert ägyptische Plagen hält man für keine, bloß weil sie uns nur in der Jugend heimsuchen, wo moralische Wunden und komplizierte Frakturen so hurtig zuheilen wie physische – grünendes Holz bricht nicht so leicht wie dürres entzwei. Alle Einrichtungen legen es dar, daß ein Alumneum seiner ältesten Bestimmung nach ein protestantisches *Knaben-Kloster* sein soll; aber dabei sollte man es lassen, man sollte ein solches Präservations-Zuchthaus in kein Lustschloß, ein solches Misanthropin in kein Philanthropin verwandeln wollen. Müssen nicht die glücklichen Inhaftaten einer solchen Fürstenschule die drei Klostergelübde ablegen? Erstlich das des *Gehorsams*, da der Schüler-Guardian und Novizenmeister seinen schwarzen Novizen das Spornrad der häufigsten, widrigsten Befehle und Ertötungen in die Seite sticht. Zweitens das der *Armut*, da sie nicht Kruditäten und übrige Brocken, sondern Hunger von einem Tage zum andern aufheben und übertragen; und *Carminati* vermöchte ganze Invalidenhäuser mit dem Supernumerär-Magensaft der Konviktorien und Alumneen auszuheilen. Das Gelübde der *Keuschheit* tut sich nachher von selbst, sobald ein Mensch den ganzen Tag zu laufen und zu fasten hat und keine andern Bewegungen entbehrt als die peristaltischen. Zu wichtigen Ämtern muß der Staatsbürger erst gehänselt werden. Verdient denn aber bloß der katholische Novize zum Mönch geprügelt, oder ein elender Ladenjunge in Bremen zum Kaufmannsdiener geräuchert, oder ein sittenloser Südamerikaner zum Kaziken durch beides und durch mehre, in meinen Exzerpten stehende Qualen appretiert und sublimiert zu werden? Ist ein lutherischer Pfarrer nicht ebenso wichtig, und sind seiner künftigen Bestimmung nicht ebensogut solche übende Martern nötig? Zum Glück hat er sie; vielleicht mauerte die Vorwelt die Schulpforten, deren Konklavisten insgesamt wahre Knechte der Knechte sind, bloß seinetwegen auf: denn andern Fakultäten ist mit dieser Kreuzigung und Radbrechung des Fleisches und Geistes zu wenig gedient. – Daher ist auch das so oft getadelte Chor-, Gassen- und Leichensingen der Alumnen ein recht gutes Mittel, protestantische Klosterleute aus ihnen zu ziehen – und selbst ihr schwarzer Überzug und die kanonische Mohren-Enveloppe des Mantels ist etwas Ähnliches von der Mönchkutte. Daher schießen in Leipzig um die Thomasschüler, da doch einmal die Geistlichen die Perücken-Wammen anhängen müssen, wenigstens die Herzblätter eines aufkapfenden Perückchens herum, das wie ein Pultdach oder wie halbe Flügeldecken sich auf dem Kopfe umsieht. In den alten Klöstern war die Gelehrsamkeit Strafe; nur Schuldige mußten da lateinische Psalmen auswendig lernen oder Autores abschreiben; – in guten armen Schulen wird dieses Strafen nicht vernachlässigt, und sparsamer Unterricht wird da stets als ein unschuldiges Mittel angeordnet, den armen Schüler damit zu züchtigen und zu mortifizieren ...

Bloß dem Schulmeisterlein hatte diese Kreuzschule wenig an; den ganzen Tag freuete er sich auf oder über etwas. »Vor dem Aufstehen«, sagt' er, »freu' ich mich auf das Frühstück, den ganzen Vormittag aufs Mittagessen, zur Vesperzeit aufs Vesperbrot und abends aufs Nachtbrot – und so hat der Alumnus Wutz sich stets auf etwas zu spitzen.« Trank er tief, so sagt' er: »Das hat meinem Wutz geschmeckt« und strich sich den Magen. Niesete er, so sagte er: »Helf dir Gott, Wutz!« – Im fieberfrostigen Novemberwetter letzte er sich auf der Gasse mit der Vormalung des warmen Ofens und mit der närrischen Freude, daß er eine Hand um die andre unter seinem Mantel wie zu Hause stecken hatte. War der Tag gar zu toll und windig – es gibt für uns Wichte solche Hatztage, wo die ganze Erde ein Hatzhaus ist und wo die Plagen wie spaßhaft gehende Wasserkünste uns bei jedem Schritte ansprützen und einleuchten –, so war das Meisterlein so pfiffig, daß es sich unter das Wetter hinsetzte und sich nichts darum schor; es war nicht Ergebung, die das *unvermeidliche* Übel aufnimmt, nicht Abhärtung, die das *ungefühlte* trägt, nicht Philosophie, die das *verdünnte* verdauet, oder Religion, die das *belohnte* verwindet: sondern der Gedanke ans warme Bett wars. »Abends«, dacht' er, »lieg' ich auf alle Fälle, sie mögen mich den ganzen Tag zwicken und hetzen, wie sie wollen, unter meiner warmen Zudeck und drücke die Nase ruhig ans Kopfkissen, acht Stunden lang.« Und kroch er endlich in der letzten Stunde eines solchen Leidentages unter sein Oberbett: so schüttelte er sich darin, krempte sich mit den Knien bis an den Nabel zusammen und sagte zu sich: »Siehst du, Wutz, es ist doch vorbei.«

Ein andrer Paragraph aus der Wutzischen Kunst, stets fröhlich zu sein, war sein zweiter Pfiff, stets fröhlich aufzuwachen – und um dies zu können, bedient' er sich eines dritten und hob immer vom

Tage vorher etwas Angenehmes für den Morgen auf, entweder gebackne Klöße oder ebensoviel äußerst gefährliche Blätter aus dem Robinson, der ihm lieber war als Homer oder auch junge Vögel oder junge Pflanzen, an denen er am Morgen nachzusehen hatte, wie nachts Federn und Blätter gewachsen.

Den dritten und vielleicht durchdachtesten Paragraphen seiner Kunst, fröhlich zu sein, arbeitete er erst aus, da er Sekundaner ward: er wurde verliebt. –

Eine solche Ausarbeitung wäre meine Sache ... Aber da ich hier zum ersten Male in meinem Leben mich mit meiner Reißkohle an das Blumenstück gemalter Liebe mache: so muß auf der Stelle abgebrochen werden, damit fortgerissen werde morgen um 6 Uhr mit weniger niedergebranntem Feuer. –

Wenn Venedig, Rom und Wien und die ganze Luststädte-Bank sich zusammentäten und mich mit einem solchen Karneval beschenken wollten, das dem beikäme, welches mitten in der schwarzen Kantors-Stube in Joditz war, wo wir Kinder von 8 Uhr bis 11 forttanzten (so lange währte unsre Faschingzeit, in der wir den Appetit zur Fastnacht-Hirse versprangen): so machten sich jene Residenzstädte zwar an etwas Unmögliches und Lächerliches – aber doch an nichts so Unmögliches, wie dies wäre, wenn sie dem Alumnus Wutz den Fastnachtmorgen mit seinen Karnevallustbarkeiten wiedergeben wollten, als er, als unterer Sekundaner auf Besuch, in der Tanz- und Schulstube seines Vaters am Morgen gegen 10 Uhr ordentlich verliebt wurde. Eine solche Faschinglustbarkeit – trautes Schulmeisterlein, wo denkst du hin? – Aber er dachte an nichts hin als zu Justina, die ich selten oder niemals wie die Auenthaler Justel nennen werde. Da der Alumnus unter dem Tanzen (wenige Gymnasiasten hätten mitgetanzt, aber Wutz war nie stolz und immer eitel) den Augenblick weghatte, was – ihn nicht einmal eingerechnet – an der Justel wäre, daß sie ein hübsches gelenkiges Ding und schon im Briefschreiben und in der Regeldetri in Brüchen und die Patin der Frau Seniorin und in einem Alter von 15 Jahren und nur als eine Gast-Tänzerin mit in der Stube sei: so tat der Gast-Tänzer seines Orts, was in solchen Fällen zu tun ist; er wurde, wie gesagt, verliebt – schon beim ersten Schleifer flogs wie Fieberhitze an ihn – unter dem Ordnen zum zweiten, wo er stillstehend die warme Inlage seiner rechten Hand bedachte und befühlte, stiegs unverhältnismäßig – er tanzte sich augenscheinlich in die Liebe und in ihre Garne hinein. – Als sie noch dazu die roten Haubenbänder auseinanderfallen und sie ungemein nachlässig um den nackten Hals zurückflattern ließ: so vernahm er die Baßgeige nicht mehr – und als sie endlich gar mit einem roten Schnupftuch sich Kühlung vorwedelte und es hinter und vor ihm fliegen ließ: so war ihm nicht mehr zu helfen, und hätten die vier großen und die zwölf kleinen Propheten zum Fenster hineingepredigt. Denn einem Schnupftuch in einer weiblichen Hand erlag er stets auf der Stelle ohne weitere Gegenwehr, wie der Löwe dem gedrehten Wagenrade und der Elefant der Maus. Dorfkoketten machen sich aus dem Schnupftuch die nämliche Feldschlange und Kriegmaschine, die sich die Stadtkoketten aus dem Fächer machen; aber die Wellen eines Tuchs sind gefälliger als das knackende Truthahns-Radschlagen der bunten Streitkolbe des Fächers.

Auf alle Fälle kann unser Wutz sich damit entschuldigen, daß seines Wissens die Örter öffentlicher Freude das Herz für alle Empfindungen, die viel Platz bedürfen, für Aufopferung, für Mut und auch für Liebe, weiter machen; – freilich in den engen Amt- und Arbeitstuben, auf Rathäusern, in geheimen Kabinetten liegen unsre Herzen wie auf ebenso vielen *Welkboden* und *Darrofen* und runzeln ein.

Wutz trug seinen mit dem Gas der Liebe aufgefüllten und emporgetriebnen Herzballon freudig ins Alumneum zurück, ohne jemand eine Silbe zu melden, am wenigsten der Schnupftuch-Fahnenjunkerin selber – nicht aus Scheu, sondern weil er nie mehr begehrte als die Gegenwart; er war nur froh, daß er selber verliebt war, und dachte an weiter nichts ...

Warum ließ der Himmel gerade in die Jugend das Lustrum der Liebe fallen? Vielleicht weil man gerade da in Alumneen, Schreibstuben und andern Gifthütten keucht: da steigt die Liebe wie aufblühendes Gesträuch an den Fenstern jener Marterkammern empor und zeigt in schwankenden Schatten den großen Frühling von außen. Denn Er und ich, mein Herr Präfektus, und auch Sie, verdiente Schuldiener des Alumneums, wir wollen miteinander wetten, Sie sollen über den vergnügten Wutz ein Härenhemd ziehen (im Grund hat er eines an) – Sie sollen ihn Ixions Rad und Sisyphus' Stein der Weisen und den Laufwagen Ihres Kindes bewegen lassen – Sie sollen ihn halb tot hungern oder prügeln lassen – Sie sollen einer so elenden Wette wegen (welches ich Ihnen nicht zugetrauet hätte) gegen ihn ganz des Teufels sein: Wutz bleibt doch Wutz und praktiziert sich immer sein bißchen verliebter Freude ins Herz, vollends in den Hundtagen! –

Seine Kanikularferien sind aber vielleicht nirgends deutlicher beschrieben als in seinen » *Werthers Freuden*«, die seine Lebensbeschreiber fast nur abzuschreiben brauchen. – Er ging da sonntags nach der Abendkirche heim nach Auenthal und hatte mit den Leuten in allen Gassen Mitleiden, daß sie dableiben mußten. Draußen dehnte sich seine Brust mit dem aufgebaueten Himmel vor ihm aus, und halbtrunken im Konzertsaal aller Vögel horcht' er doppelselig bald auf die gefederten Sopranisten, bald auf seine Phantasien. Um nur seine über die Ufer schlagende Lebenskräfte abzuleiten, galoppierte er oft eine halbe Viertelstunde lang. Da er immer kurz vor und nach Sonnen-Untergang ein gewisses wollüstiges trunknes Sehnen empfunden hatte – die Nacht aber macht wie ein längerer Tod den Menschen erhaben und nimmt ihm die Erde –: so zauderte er mit seiner Landung in Auenthal so lang', bis die zerfließende Sonne durch die letzten Kornfelder vor dem Dorfe mit Goldfäden, die sie gerade über die Ähren zog, sein blaues Röckchen stickte und bis sein Schatten an den Berg über den Fluß wie ein Riese wandelte. Dann schwankte er unter dem wie aus der Vergangenheit herüberklingenden Abendläuten ins Dorf hinein und war allen Menschen gut, selbst dem Präfektus. Ging er dann um seines Vaters Haus und sah am obern Kappfenster den Widerschein des Monds und durch ein Parterre-Fenster seine Justina, die da alle Sonntage einen ordentlichen Brief setzen lernte … o wenn er dann in dieser paradiesischen Viertelstunde seines Lebens auf funfzig Schritte die Stube und die Briefe und das Dorf von sich hätte wegsprengen und um sich und um die Briefstellerin bloß ein einsames dämmerndes Tempe-Tal hätte ziehen können – wenn er in diesem Tale mit seiner trunknen Seele, die unterweges um alle Wesen ihre Arme schlug, auch an sein schönstes Wesen hätte fallen dürfen und er und sie und Himmel und Erde zurückgesunken und zerflossen wären vor einem flammenden Augenblick und Brennpunkte menschlicher Entzückung …

Indessen tat ers wenigstens nachts um eilf Uhr; und vorher gings auch nicht schlecht. Er erzählte dem Vater, aber im Grunde Justinen seinen Studienplan und seinen politischen Einfluß; er setzte sich dem Tadel, womit sein Vater ihre Briefe korrigierte, mit demjenigen Gewicht entgegen, das ein solcher Kunstrichter hat, und er war, da er gerade warm aus der Stadt kam, mehr als einmal mit Witz bei der Hand – kurz, unter dem Einschlafen hörte er in seiner tanzenden taumelnden Phantasie nichts als Sphären-Musik.

– Freilich du, mein Wutz, kannst Werthers Freuden aufsetzen, da allemal deine äußere und deine innere Welt sich wie zwei Muschelschalen aneinander löten und dich als ihr Schaltier einfassen; aber bei uns armen Schelmen, die wir hier am Ofen sitzen, ist die Außenwelt selten der Ripienist und Chorist unsrer innern fröhlichen

Stimmung; – höchstens dann, wenn an uns der ganze Stimmstock umgefallen und wir knarren und brummen; oder in einer andern Metapher: wenn wir eine verstopfte Nase haben, so setzt sich ein ganzes mit Blumen überwölbtes Eden vor uns hin, und wir mögen nicht hineinriechen.

Mit jedem Besuche machte das Schulmeisterlein seiner Johanna-Therese-Charlotte-Mariana-Klarissa-Heloise-Justel auch ein Geschenk mit einem Pfefferkuchen und einem Potentaten; ich will über beide ganz befriedigend sein.

Die Potentaten hatt' er in seinem eignen Verlage; aber wenn die Reichshofrats-Kanzlei ihre Fürsten und Grafen aus ein wenig Dinte, Pergament und Wachs macht: so verfertigte er seine Potentaten viel kostbarer, aus Ruß, Fett und zwanzig Farben. Im Alumneum wurde nämlich mit den Rahmen einer Menge Potentaten eingeheizet, die er sämtlich mit gedachten Materialien so zu kopieren und zu repräsentieren wußte, als wär' er ihr Gesandter. Er überschmierte ein Quartblatt mit einem Endchen Licht und nachher mit Ofenruß – dieses legte er mit der schwarzen Seite auf ein andres mit weißen Seiten – oben auf beide Blätter tat er irgendein fürstliches Porträt – dann nahm er eine abgebrochne Gabel und fuhr mit ihrer druckenden Spitze auf dem Gesichte und Leibe des regierenden Herrn herum – – dieser Druck verdoppelte den Potentaten, der sich vom schwarzen Blatt aufs weiße überfärbte. So nahm er von allem, was unter einer europäischen Krone saß, recht kluge Kopien; allein ich habe niemals verhehlet, daß seine Okulier-Gabel die russische Kaiserin (die vorige) und eine Menge Kronprinzen dermaßen aufkratzte und durchschnitt, daß sie zu nichts mehr zu brauchen waren als dazu, den Weg ihrer Rahmen zu gehen. Gleichwohl war das rußige Quartblatt nur die Bruttafel und Ätz-Wiege glorwürdiger Regenten, oder auch der Streich- oder *Laichteich* derselben – ihr *Streckteich* aber oder die Appretur-Maschine der Potentaten war sein Farbkästchen; mit diesem illuminierte er ganze regierende Linien, und alle Muscheln kleideten einen einzigen Großfürsten an, und die Kronprinzessinnen zogen aus derselben Farbmuschel Wangenröte, Schamröte und Schminke. – – Mit diesen regierenden Schönen beschenkte er die, die ihn regierte und die nicht wußte, was sie mit dem historischen Bildersaale machen sollte.

Aber mit dem Pfefferkuchen wußte sie es in dem Grade, daß sie ihn aß. Ich halt' es für schwer, einer Geliebten einen Pfefferkuchen zu schenken, weil man ihn oft kurz vor der Schenkung selber verzehrt. Hatte nicht Wutz die drei Kreuzer für den ersten schon bezahlt? Hatt' er nicht das braune Rektangulum schon in der Tasche und war damit schon bis auf eine Stunde vor Auenthal und vor dem Adjudikationtermin gereiset? Ja wurde die süße *Votiv-Tafel* nicht alle Viertelstunde aus der Tasche gehoben, um zu sehen, ob sie noch viereckig sei? Dies war eben das Unglück; denn bei diesem Beweis durch Augenschein, den er führte, brach er immer wenige und unbedeutende Mandeln aus dem Kuchen; – dergleichen tat er öfters – darauf machte er sich (statt an die Quadratur des Zirkels) an das Problem, den gevierteten Zirkel wieder rein herzustellen, und biß sauber die vier rechten Winkel ab und machte ein Acht-Eck, ein Sechzehn-Eck – denn ein Zirkel ist ein unendliches Viel-Eck – darauf war nach diesen mathematischen Ausarbeitungen das Viel-Eck vor keinem Mädchen mehr zu produzieren – darauf tat Wutz einen Sprung und sagte: »Ach! ich fress' ihn selber«, und heraus war der Seufzer und hinein die geometrische Figur. – Es werden wenige schottische Meister, akademische Senate und Magistranden leben, denen nicht ein wahrer Gefallen geschähe, wenn man ihnen zu hören gäbe, durch welchen Maschinen-Gott sich Wutz aus der Sache zog – – durch einen zweiten Pfefferkuchen tat ers, den er allemal als einen Wand- und Taschen-Nachbar des ersten mit einsteckte. Indem er den einen aß, landete der andre ohne Läsionen an, weil er mit dem Zwilling wie mit Brandmauer und Kronwache den andern beschützte. Das aber sah er in der Folge selber ein, daß er – um nicht einen bloßen Torso oder Atom nach Auenthal zu transportieren – die Krontruppen oder Pfefferkuchen von Woche zu Woche vermehren müsse.

Er wäre Primaner geworden, wäre nicht sein Vater aus unserem Planeten in einen andern oder in einen Trabanten gerückt. Daher dacht' er die Melioration seines Vaters nachzumachen und wollte von der Sekundanerbank auf den Lehrstuhl rutschen. Der Kirchenpatron, Herr von Ebern, drängte sich zwischen beide Gerüste und hielt seinen ausgedienten Koch an der Hand, um ihn in ein Amt einzusetzen, dem er gewachsen war, weil es in diesem ebensogut wie in seinem vorigen Spanferkel[1] tot zu peitschen und zu appretieren, obwohl nicht zu essen gab. Ich hab' es schon in der Revision des Schulwesens in einer Note erinnert und Herrn Gedikens Beifall davongetragen, daß in jedem Bauerjungen ein unausgewachsener Schulmeister stecke, der von ein paar Kirchenjahren groß zu paraphrasieren sei – daß nicht bloß das alte Rom Welt-Konsule, sondern auch heutige Dörfer Schul-Konsule vom Pfluge und aus der Furche ziehen könnten – daß man ebensogut von Leuten seines Standes hier *unterrichtet*, als in England *gerichtet* werden könne, und daß

---

[1] Die bekanntlich besser schmecken, wenn man sie mit Rutenstreichen tötet.

gerade der, dem jeder das meiste Scibile verdanke, ihm am ähnlichsten sei, nämlich jeder selber – daß, wenn eine ganze Stadt (Norcia an dem appenninischen Gebirg) nur von vier ungelehrten Magistratgliedern (li quatri illiterati) sich beherrschen lassen will, doch eine Dorfjugend von einem einzigen ungelehrten Mann werde zu regieren und zu prügeln sein – und daß man nur bedenken möchte, was ich oben im Texte sagte. Da hier die Note selber der Text ist, so will ich nur sagen, daß ich sagte: eine Dorfschule sei hinlänglich besetzt. Es ist da 1) der Gymnasiarch oder Pastor, der von Winter zu Winter den Priesterrock umhängt und das Schulhaus besucht und erschreckt – 2) steht in der Stube das Rektorat, Konrektorat und Subrektorat, das der Schulhalter allein ausmacht – 3) als Lehrer der untern Klassen sind darin angestellt die Schulmeisterin, der, wenn irgendeinem Menschen, die Kallipädie der Töchterschule anvertrauet werden kann, ihr Sohn als Tertius und Lümmel zugleich, dem seine Zöglinge allerhand legieren und spendieren müssen, damit er sie ihre Lektion nicht aufsagen lässet, und der, wenn der Regent nicht zu Hause ist, oft das Reichsvikariat des ganzen protestantischen Schulkreises auf den Achseln hat – 4) endlich ein ganzes Raupennest Kollaboratores, nämlich Schuljungen selber, weil daselbst, wie im Hallischen Waisenhause, die Schüler der obern Klasse schon zu Lehrern der untern groß gewachsen sind. Da man bisher aus so vielen Studierstuben heraus nach Realschulen schrie: so hörten es *Gemeinden* und *Schulhalter* und taten das Ihrige gern. Die *Gemeinden* lasen für ihre Lehrstühle lauter solche pädagogische Steiße aus, die schon auf Weber-, Schneider-, Schuster-Schemeln seßhaft waren und von denen also etwas zu erwarten war – und allerdings setzen solche Männer, indem sie vor dem aufmerksamen Institute Röcke, Stiefel, Fischreusen und alles machen, die Nominalschule leicht in eine Realschule um, wo man Fabrikate kennen lernt. Der *Schulmeister* treibts noch weiter und sinnt Tag und Nacht auf Real-Schulhalten; es gibt wenige Arbeiten eines erwachsenen Hausvaters oder seines Gesindes, in denen er seine Dorf-Stoa nicht beschäftigt und übt, und den ganzen Morgen sieht man das expedierende Seminarium hinaus- und hineinjagen, Holz spalten und Wasser tragen u.s.w., so daß er außer der Realschule fast gar keine andre hält und sich sein bißchen Brot sauer im Schweiße seines – Schulhauses verdient ... Man braucht mir nicht zu sagen, daß es auch schlechte und versäumte Landschulen gebe; genug wenn nur die größere Zahl alle die Vorzüge wirklich aufweiset, die ich ihr jetzt zugeschrieben.

Ich mag meine Fixstern-Abirrung mit keinem Wort entschuldigen, das eine neue wäre. Herr von Ebern hätte seinen Koch zum Schulmeister investieret, wenn ein geschickter Nachfahrer des Kochs wäre zu haben gewesen; es war aber keiner aufzutreiben, und da der Gutsherr dachte, es sei vielleicht gar eine Neuerung, wenn er die Küche und die Schule durch *ein* Subjekt versehen ließe – wiewohl vielmehr die Trennung und Verdopplung der Schul- und der Herrendiener eine viel größere und ältere war; denn im neunten Säkulum mußte sogar der Pfarrer der Patronatkirche zugleich dem Kirchenschiff-Patron als Bedienter aufwarten und satteln etc.[2] , und beide Ämter wurden erst nachher, wie mehre, voneinander abgerissen –, so behielt er den Koch und vozierte den Alumnus, der bisher so gescheit gewesen, daß er verliebt geblieben.

Ich steuere mich ganz auf die rühmlichen Zeugnisse, die ich in Händen habe und die Wutz vom Superintendenten auswirkte, weil sein Examen vielleicht eines der rigorosesten und glücklichsten war, wovon ich in neueren Zeiten noch gehöret. Mußte nicht Wutz das griechische Vaterunser vorbeten, indes das Examination-Kollegium seine samtnen Hosen mit einer Glasbürste auskämmte; – und hernach das lateinische Symbolum Athanasii? Konnte der Examinandus nicht die Bücher der Bibel richtig und Mann für Mann vorzählen, ohne über die gemalten Blumen und Tassen auf dem Kaffeebrette seines frühstückenden Examinators zu stolpern? Mußt' er nicht einen Betteljungen, der bloß auf einen Pfennig aufsah, herumkatechesieren, obgleich der Junge gar nicht wie sein Unter-Examinator bestand, sondern wie ein wahres Stückchen Vieh? Mußt' er nicht seine Fingerspitzen in fünf Töpfe warmes Wasser tunken und *den* Tropfen aussuchen, dessen Wasser warm und kalt genug für den Kopf eines Täuflings war? Und mußt' er nicht zuletzt drei Gulden und 36 Kreuzer erlegen?

Am 13. Mai ging er als Alumnus aus dem Alumneum heraus und als öffentlicher Lehrer in sein Haus hinein, und aus der zersprengten schwarzen Alumnus-Puppe brach ein bunter Schmetterling von Kantor ins Freie hinaus.

---

[2] Langens geistliches Recht S. 534.

Am 9. Julius stand er vor dem Auenthaler Altar und wurde kopuliert mit der Justel.

Aber der elysäische Zwischenraum zwischen dem 13. Mai und dem 9. Julius! – Für keinen Sterblichen fällt ein solches goldnes Alter von acht Wochen wieder vom Himmel, bloß für das Meisterlein funkelte der ganze niedergetauete Himmel auf *gestirnten* Auen der Erde. Du wiegtest im Äther dich und sahest durch die durchsichtige Erde dich rund mit Himmel und Sonnen umzogen und hattest keine Schwere mehr; aber uns Alumnen der Natur fallen nie acht solche Wochen zu, nicht eine, kaum ein ganzer Tag, wo der Himmel *über* und *in* uns sein reines Blau mit nichts bemalt als mit Abend- und Morgenrot – wo wir über das Leben wegfliegen und alles uns hebt wie ein freudiger Traum – wo der unbändige stürzende Strom der Dinge uns nicht auf seinen Katarakten und Strudeln zerstößet und schüttelt und rädert, sondern auf blinkenden Wellen uns wiegt und unter hineingebognen Blumen vorüberträgt – ein Tag, zu dem wir den Bruder vergeblich unter den verlebten suchen und von dem wir am Ende jedes andern klagen: seit ihm war keiner wieder so.

Es wird uns allen sanft tun, wenn ich diese acht Wonne-Wochen oder zwei Wonne-Monate weitläufig beschreibe. Sie bestanden aus lauter ähnlichen Tagen. Keine einzige Wolke zog hinter den Häusern herauf. Die ganze Nacht stand die rückende Abendröte unten am Himmel, an welchem die untergehende Sonne allemal wie eine Rose glühend abgeblühet hatte. Um 1 Uhr schlugen schon die Lerchen, und die Natur spielte und phantasierte die ganze Nacht auf der Nachtigallen-Harmonika. In seine Träume tönten die äußern Melodien hinein, und in ihnen flog er über Blüten-Bäume, denen die wahren vor seinem offnen Fenster ihren Blumen-Atem liehen. Der *tagende* Traum rückte ihn sanft, wie die lispelnde Mutter das Kind, aus dem Schlaf ins Erwachen über, und er trat mit trinkender Brust in den Lärm der Natur hinaus, wo die Sonne die Erde von neuem erschuf und wo beide sich zu einem brausenden Wollust-Weltmeer ineinander ergossen. Aus dieser Morgen-Flut des Lebens und Freuens kehrte er in sein schwarzes Stübchen zurück und suchte die Kräfte in kleinern Freuden wieder. Er war da über alles froh, über jedes beschienene und unbeschienene Fenster, über die ausgelegte Stube, über das Frühstück, das mit seinen Amt-Revenuen bestritten wurde, über 7 Uhr, weil er nicht in die Sekunda mußte, über seine Mutter, die alle Morgen froh war, daß er Schulmeister geworden und sie nicht aus dem vertrauten Hause fort gemußt.

Unter dem Kaffee schnitt er sich, außer den Semmeln, die Federn zur Messiade, die er damals, die drei letzten Gesänge ausgenommen, gar aussang. Seine größte Sorgfalt verwandte er darauf, daß er die epischen Federn falsch schnitt, entweder wie Pfähle oder ohne Spalt oder mit einem zweiten Extraspalt, der hinausniesete; denn da alles in Hexametern, und zwar in solchen, die nicht zu verstehen waren, verfasset sein sollte: so mußte der Dichter, da ers durch keine Bemühung zur geringsten Unverständlichkeit bringen konnte – er fassete allemal den Augenblick jede Zeile und jeden Fuß und pes –, aus Not zum Einfall greifen, daß er die Hexameter ganz *unleserlich* schrieb, was auch gut war. Durch diese poetische Freiheit bog er dem Verstehen ungezwungen vor.

Um eilf Uhr deckte er für seine Vögel, und dann für sich und seine Mutter den Tisch mit vier Schubladen, *in* welchem mehr war als *auf* ihm. Er schnitt das Brot, und seiner Mutter die weiße Rinde vor, ob er gleich die schwarze nicht gern aß. O meine Freunde, warum kann man denn im Hôtel de Bavière und auf dem Römer nicht so vergnügt speisen als am Wutzischen Ladentisch? – Sogleich nach dem Essen machte er nicht Hexameter, sondern Kochlöffel, und meine Schwester hat selber ein Dutzend von ihm. Während seine Mutter das wusch, was er schnitzte, ließen beide ihre Seelen nicht ohne Kost; sie erzählte ihm die Personalien von sich und seinem Vater vor, von deren Kenntnis ihn seine akademische Laufbahn zu entfernt gehalten – und er schlug den Operationplan und Bauriß seiner künftigen Haushaltung bescheiden vor ihr auf, weil er sich an dem Gedanken, ein Hausvater zu sein, gar nicht satt käuen konnte. »Ich richte mir« sagte er – »mein Haushalten ganz vernünftig ein – ich stell' mir ein Saugschweinchen ein auf die heiligen Feiertage, es fallen so viel Kartoffeln- und Rüben-Schalen ab, daß mans mit fett macht, man weiß kaum wie – und auf den Winter muß mir der Schwiegervater ein Füderchen Büschel (Reisholz) einfahren, und die Stubentür muß total gefüttert und gepolstert werden – denn, Mutter! unsereins hat seine pädagogischen Arbeiten im Winter, und man hält da keine Kälte aus.«- Am 29. Mai war noch dazu nach diesen Gesprächen eine Kindtaufe – es war seine erste – sie war seine erste Revenue, und ein großes Einnahmebuch hatte er sich schon auf dem Alumneum dazu geheftet – er besah und zählte die paar Groschen zwanzig Mal, als wären sie andere. – Am Taufstein stand er in ganzer Parüre, und die Zuschauer standen auf der Empor und in der herrschaftlichen Loge im Alltag-Schmutz. – »Es ist mein saurer Schweiß«, sagt' er eine halbe Stunde nach dem Aktus und trank vom Gelde zur ungewöhnlichen Stunde ein Nößel Bier. – Ich erwarte von seinem künftigen Lebensbeschreiber ein paar pragmatische Fingerzeige, warum Wutz bloß ein Einnahme- und kein Ausgabe-Buch sich nähte und warum er in jenem oben Louisd'or, Groschen, Pfennige setzte, ob er gleich nie die erste Münzsorte unter seinen Schul-Gefällen hatte.

Nach dem Aktus und nach der Verdauung ließ er sich den Tisch hinaus unter den Weichselbaum tragen und setzte sich nieder und bossierte noch einige unleserliche Hexameter in seiner Messiade. Sogar während er seinen Schinkenknochen als sein Abendessen abnagte und abteilte, befeilt' er noch einen und den andern epischen Fuß, und ich weiß recht gut, daß des Fettes wegen mancher Gesang ein wenig geölet aussiehet. Sobald er den Sonnenschein nicht mehr auf der Straße, sondern an den Häusern liegen sah: so gab er der Mutter die nötigen Gelder zum Haushalten und lief ins Freie, um sich es ruhig auszumalen, wie ers künftig haben werde im Herbst, im Winter, an den drei heiligen Festen, unter den Schulkindern und unter seinen eignen. –

Und doch sind das bloß Wochentage; der Sonntag aber brennt in einer Glorie, die kaum auf ein Altarblatt geht. – Überhaupt steht in keinen Seelen dieses Jahrhunderts ein so großer Begriff von einem Sonntage, als in denen, welche in Kantoren und Schulmeistern hausen; mich wundert es gar nicht, wenn sie an einem solchen Courtage nicht vermögen, bescheiden zu verbleiben. Selber unser Wutz konnte sichs nicht verstecken, was es sagen will, unter tausend Menschen allein zu orgeln – ein wahres Erb-Amt zu versehen und den geistlichen Krönung-Mantel dem Senior überzuhenken und sein Valet de fantaisie und Kammermohr zu sein – über ein ganzes von der Sonne beleuchtetes Chor Territorial-Herrschaft zu exerzieren, als amtierender Chor-Maire auf seinem Orgel-Fürstenstuhl die Poesie eines Kirchsprengels noch besser zu beherrschen, als der Pfarrer die Prose desselben kommandiert – und nach der Predigt über das Geländer hinab völlige fürstliche Befehle sans façon mit lauter Stimme weniger zu geben als abzulesen ... Wahrhaftig, man sollte denken, hier oder nirgends tät' es not, daß ich meinem Wutz zuriefe: »Bedenke, was du vor wenig Monaten warest! Überlege, daß nicht alle Menschen Kantores werden können, und mache dir die vorteilhafte Ungleichheit der Stände zunutze, ohne sie zu mißbrauchen und ohne darum mich und meine Zuhörer am Ofen zu verachten.« – Aber nein! auf meine Ehre, das gutartige Meisterlein denkt ohnehin nicht daran; die Bauern hätten nur so gescheit sein sollen, daß sie dir schnakischem, lächelndem, trippelndem, händereibendem Dinge ins gallenlose überzuckerte Herz hineingesehen hätten: was hätten sie da ertappt? Freude in deinen zwei Herz-

Kammern, Freude in deinen zwei Herz-Ohren. Du numeriertest bloß oben im Chore, gutes Ding! das ich je länger je lieber gewinne, deine künftigen Schulbuben und Schulmädchen in den Kirchstühlen zusammen und setztest sie sämtlich voraus in deine Schulstube und um seine winzige Nase herum und nahmest dir vor, mit der letzten täglich vormittags und nachmittags einmal zu niesen und vorher zu schnupfen, nur damit dein ganzes Institut wie besessen aufführe und zuriefe: Helf Gott, Herr Kantner! Die Bauern hätten ferner in deinem Herzen die Freude angetroffen, die du hattest, ein Setzer von Folioziffern zu sein, so lang wie die am Zifferblatt der Turmuhr, indem du jeden Sonntag an der schwarzen Liedertafel in öffentlichen Druck gabst, auf welcher Pagina das nächste Lied zu suchen sei – wir Autores treten mit schlechterem Zeuge im Drucke auf –; ferner die Freude hätte man gefunden, deinem Schwiegervater und deiner Braut im Singen vorzureiten; und endlich deine Hoffnung, den Bodensatz des Kommunion-Weins einsam auszusaufen, der sauer schmeckte. Ein höheres Wesen muß dir so herzlich gut gewesen sein wie das referierende, da es gerade in deinem achtwöchentlichen Eden-Lustrum deinen gnädigen Kirchenpatron kommunizieren hieß: denn der hatte doch so viel Einsicht, daß er an die Stelle des Kommunion-Weins, der Christi *Trank* am Kreuz nicht unglücklich nachbildete, Christi *Tränen* aus seinem Keller setzte; aber welche Himmel dann nach dem Trank des Bodensatzes in alle deine Glieder zogen ... Wahrlich jedesmal will ich wieder in Ausrufungen verfallen; – aber warum macht doch mir und vielleicht euch dieses schulmeisterlich vergnügte Herz so viel Freude? – Ach, liegt es vielleicht daran, daß wir selber sie nie so voll bekommen, weil der Gedanke der Erden-Eitelkeit auf uns liegt und unsern Atem drückt und weil wir die schwarze Gottesacker-Erde unter den Rasen- und Blumenstücken schon gesehen haben, auf denen das Meisterlein sein Leben verhüpft? –

Der gedachte Kommunion-Wein moussierte noch abends in seinen Adern; und diese letzte Tagzeit seines Sabbats hab' ich noch abzuschildern. Nur am Sonntag durft' er mit seiner Justine spazieren gehen. Vorher nahm er das Abendessen beim Schwiegervater ein, aber mit schlechtem Nutzen; schon unter dem Tischgebet wurde sein Hundshunger matt und unter den Allotriis darauf gar unsichtbar. Wenn ich es lesen könnte: so könnt' ich das ganze Konterfei dieses Abends aus seiner Messiade haben, in die er ihn, ganz wie er war, im sechsten Gesang hineingeflochten, so wie alle große Skribenten ihren Lebenslauf, ihre Weiber, Kinder, Äcker, Vieh in ihre opera omnia stricken. Er dachte, in der gedruckten Messiade stehe der Abend auch. In seiner wird es episch ausgeführt sein, daß die Bauern auf den Rainen wateten und den Schuß der Halme maßen und ihn über das Wasser herüber als ihren neuen wohlverordneten Kantor grüßten – daß die Kinder auf Blättern schalmeiten und in Batzen-Flöten stießen und daß alle Büsche und Blumen- und Blütenkelche vollstimmig besetzte Orchester waren, aus denen allen etwas heraus sang oder sumsete oder schnurrte – und daß alles zuletzt so feierlich wurde, als hätte die Erde selber einen Sonntag, indem die Höhen und Wälder um diesen Zauberkreis rauchten und indem die Sonne gen Mitternacht durch einen illuminierten Triumphbogen hinunter-, und der Mond gen Mittag durch einen blassen Triumphbogen herauszog. O du Vater des Lichts! mit wie viel Farben und Strahlen und Leuchtkugeln fassest du deine bleiche Erde ein! – Die Sonne kroch jetzt ein zu einem einzigen roten Strahle, der mit dem Widerscheine der Abendröte auf dem Gesichte der Braut zusammenkam; und diese, nur mit stummen Gefühlen bekannt, sagte zu Wutz, daß sie in ihrer Kindheit sich oft gesehnt hätte, auf den roten Bergen der Abendröte zu stehen und von ihnen mit der Sonne in die schönen rotgemalten Länder hinunterzusteigen, die hinter der Abendröte lägen. Unter dem Gebetläuten seiner Mutter legt' er seinen Hut auf die Knie und sah, ohne die Hände zu falten, an die rote Stelle am Himmel, wo die Sonne zuletzt gestanden, und hinab in den ziehenden Strom, der tiefe Schatten trug; und es war ihm, als läutete die Abendglocke die Welt und noch einmal seinen Vater zur Ruhe – zum ersten und letzten Male in seinem Leben stieg sein Herz über die irdische Szene hinaus – und es rief, schien ihm, etwas aus den Abendtönen herunter, er werde jetzo vor Vergnügen sterben ... Heftig und verzückt umschlang er seine Braut und sagte: »Wie lieb hab' ich dich, wie ewig lieb!« Vom Flusse klang es herab wie Flötengetön und Menschengesang und zog näher; außer sich drückt' er sich an sie an und wollte vereinigt vergehen und glaubte, die Himmeltöne hauchten ihre beiden Seelen aus der Erde weg und dufteten sie wie Taufunken auf den Auen Edens nieder. Es sang:

O wie schön ist Gottes Erde
Und wert, darauf vergnügt zu sein!
Drum will ich, bis ich Asche werde,
Mich dieser schönen Erde freun.

Es war aus der Stadt eine Gondel mit einigen Flöten und singenden Jünglingen. Er und Justine wanderten am Ufer mit der ziehenden Gondel und hielten ihre Hände gefaßt und Justine suchte leise nachzusingen; mehre Himmel gingen neben ihnen. Als die Gondel um eine Erdzunge voll Bäume herumschiffte: hielt Justine ihn sanft an, damit sie nicht nachkämen, und da das Fahrzeug dahinter verschwunden war, fiel sie ihm mit dem ersten errötenden Kusse um den Hals ... O unvergeßlicher erster Junius! schreibt er. – Sie begleiteten und belauschten von weitem die schiffenden Töne; und Träume spielten um beide, bis sie sagte: »Es ist spät, und die Abendröte hat sich schon weit herumgezogen, und es ist alles im Dorfe still.« Sie gingen nach Hause; er öffnete die Fenster seiner mondhellen Stube und schlich mit einem leisen Gutenacht bei seiner Mutter vorüber, die schon schlief –

Jeden Morgen schien ihn der Gedanke wie Tageslicht an, daß er dem Hochzeittage, dem 8. Junius, sich um eine Nacht näher geschlafen; und am Tage lief die Freude mit ihm herum, daß er durch die paradiesischen Tage, die sich zwischen ihn und sein Hochzeitbett gestellet, noch nicht durchwäre. So hielt er, wie der metaphysische Esel, den Kopf zwischen beiden Heubündeln, zwischen der Gegenwart und Zukunft; aber er war kein Esel oder Scholastiker, sondern grasete und rupfte an beiden Bündeln auf einmal ... Wahrhaftig die Menschen sollten niemals Esel sein, weder indifferentistische, noch hölzerne, noch bileamische, und ich habe meine Gründe dazu ... Ich breche hier ab, weil ich noch überlegen will, ob ich seinen Hochzeittag abzeichne oder nicht. Musivstifte hab' ich übrigens dazu ganze Bündel. –

Aber wahrhaftig ich bin weder seinem Ehrentage beigewohnet, noch einem eignen; ich will ihn also bestens beschreiben und mir – ich hätte sonst gar nichts – eine Lustpartie zusammen machen.

Ich weiß überhaupt keinen schicklicheren Ort oder Bogen als diesen dazu, daß die Leser bedenken, was ich ausstehe: die magischen Schweizergegenden, in denen ich mich lagere – die Apollos- und Venusgestalten, denen sich mein Auge ansaugt – das erhabne Vaterland, für das ich das Leben hingebe, das es vorher geadelt hat – das Brautbett, in das ich einsteige, alles das ist von fremden oder eignen Fingern bloß – gemalt mit Dinte oder Druckerschwärze; und wenn nur du, du Himmlische, der ich treu bleibe, die mir treu bleibt, mit der ich in arkadischen Julius-Nächten spazieren gehe, mit der ich vor der untergehenden Sonne und vor dem aufsteigenden Monde stehe und um derenwillen ich alle deine Schwestern liebe, wenn nur du – wärest; aber du bist *ein Altarblatt*, und ich finde dich nicht.

Dem Nil, dem Herkules und andern Göttern brachte man zwar auch, wie mir, nur nachbossierte Mädchen dar; aber vorher bekamen sie doch reelle.

Wir müssen schon am Sonnabend ins Schul- und Hochzeithaus gucken, um die Prämissen dieses Rüsttags zum Hochzeittag ein wenig vorher wegzuhaben: am Sonntag haben wir keine Zeit dazu; so ging auch die Schöpfung der Welt (nach den ältern Theologen) darum in sechs Tagwerken und nicht in *einer* Minute vor, damit die

Engel das Naturbuch, wenn es allmählich aufgeblättert würde, leichter zu übersehen hätten. Am Sonnabend rennt der Bräutigam auffallend in zwei corporibus piis aus und ein, im Pfarr- und im Schulhaus, um vier Sessel aus jenem in dieses zu schaffen. Er borgte diese Gestelle dem Senior ab, um den Kommodator selbst darauf zu weisen als seinen Fürstbischof und die Seniorin als Frau Patin der Braut und den Subpräfektus aus dem Alumneum und die Braut selbst. Ich weiß so gut als andre, inwieweit dieser mietende Luxus des Bräutigams nicht in Schutz zu nehmen ist; allerdings papillotierten die gigantischen Mietstühle (Menschen und Sessel schrumpfen jetzt ein) ihre falschen Rindhaar-Touren an Lehne und Sitz mit blauem Tuche, Milchstraßen von gelben Nägeln sprangen auf gelben Schnüren als Blitze herum, und es bleibt gewiß, daß man so weich auf den *Rändern* dieser Stühle aufsaß, als trüge man einen Doppelsteiß – wie gesagt, diesen Steiß-Luxus des Gläubigers und Schuldners hab' ich niemals zum Muster angepriesen; aber auf der andern Seite muß doch jeder, der in den »*Schulz von Paris*« hineingesehen, bekennen, daß die Verschwendung im Palais royal und an allen Höfen offenbar größer ist. Wie werd' ich vollends solche Methodisten von der strengen Observanz auf die Seite des Großvater- oder Sorgestuhls Wutzens bringen, der mit vier hölzernen Löwentatzen die Erde ergreift, welche mit vier Querhölzern – den Sitz-Konsolen munterer Finken und Gimpel – gesponselt sind, dessen Haar-Chignon sich mit einer geblümten ledernen Schwarte mehr als zu prächtig besohlet, und welcher zwei hölzerne behaarte Arme, die das Alter, wie menschliche, dürrer gemacht, nach einem Insaß ausstreckt? ... Dieses Fragzeichen kann manchen, weil er den langen Perioden vergessen, frappieren.

Das zinnene Tafel-Service, das der Bräutigam noch von seinem Fürstbischof holte, kann das Publikum beim Auktionproklamator, wenn es anders versteigert wird, besser kennen lernen als bei mir: so viel wissen die Hochzeitgäste, die Salatiere, die Sauciere, die Assiette zu Käse und die Senfdose war ein einziger Teller, der aber vor jeder Rolle einmal abgescheuert wurde.

Ein ganzer Nil und Alpheus schoß über jedes Stubenbrett, wovon gute Gartenerde wegzuspülen war, an jede Bettpfoste und an den Fensterstock hinan und ließ den gewöhnlichen Bodensatz der Flut zurück – *Sand*. Die Gesetze des Romans würden verlangen, daß das

Schulmeisterlein sich anzöge und sich auf eine Wiese unter ein wogendes Zudeck von Gras und Blumen streckte und da durch einen Traum der Liebe nach dem andern hindurch sänk' und bräche – allein er rupfte Hühner und Enten ab, spaltete Kaffee- und Bratenholz und die Braten selbst, kredenzte am Sonnabend den Sonntag und dekretierte und vollzog in der blauen Schürze seiner Schwiegermutter funfzig Küchen-Verordnungen und sprang, den Kopf mit Papilloten gehörnt und das Haar wie einen Eichhörnchenschwanz emporgebunden, hinten und vornen und überall herum: »denn ich mache nicht alle Sonntage Hochzeit«, sagt' er.

Nichts ist widriger, als hundert Vorläufer und Vorreiter zu einer winzigen Lust zu sehen und zu hören; nichts ist aber süßer, als selber mit vorzureiten und vorzulaufen; die Geschäftigkeit, die wir nicht bloß sehen, sondern teilen, macht nachher das Vergnügen zu einer von uns selbst gesäeten, besprengten und ausgezognen Frucht; und obendrein befällt uns das Herzgespann des Passens nicht.

Aber, lieber Himmel, ich brauchte einen ganzen Sonnabend, um diesen nur zu rapportieren: denn ich tat nur einen vorbeifliegenden Blick in die Wutzische Küche – was da zappelt! was da raucht! – Warum ist sich Mord und Hochzeit so nahe wie die zwei Gebote, die davon reden? Warum ist nicht bloß eine fürstliche Vermählung oft für Menschen, warum ist auch eine bürgerliche für Geflügel eine Parisische Bluthochzeit?

Niemand brachte aber im Hochzeithaus diese zwei Freudentage mißvergnügter und fataler zu als zwei Stechfinken und drei Gimpel: diese inhaftierte der reinliche und vogelfreundliche Bräutigam sämtlich vermittelst eines Treibjagens mit Schürzen und geworfnen Nachtmützen – und nötigte sie, aus ihrem Tanz-Saale in ein paar Draht-Kartausen zu fahren und an der Wand, in Mansarden springend, herabzuhängen.

Wutz berichtet sowohl in seiner »Wutzischen Urgeschichte« als in seinem »Lesebuch für Kinder mittlern Alters«, daß abends um 7 Uhr, da der Schneider dem Hymen neue Hosen und Gilet und Rock anprobierte, schon alles blank und metrisch und neugeboren war, ihn selber ausgenommen. Eine unbeschreibliche Ruhe sitzt auf jedem Stuhl und Tisch eines neugestellten brillantierten Zimmers!

In einem chaotischen denkt man, man müsse noch diesen Morgen ausziehen aus dem aufgekündigten Logement.

Über seine Nacht (so wie über die folgende) fliege ich und die Sonne hinüber, und wir begegnen ihm, wenn er am Sonntage, gerötet und elektrisiert vom Gedanken des heutigen Himmels, die Treppe herabläuft in die anlachende Hochzeitstube hinein, die wir alle gestern mit so vieler Mühe und Dinte aufgeschmückt haben vermittelst Schönheitwasser – mouchoir de Venus und Schminklappen (Waschlappen) Puderkasten (Topf mit Sand) und anderem Toiletten-Schiff und Geschirr. Er war in der Nacht siebenmal aufgewacht, um sich siebenmal auf den Tag zu freuen; und zwei Stunden früher aufgestanden, um beide Minute für Minute aufzuessen. Es ist mir, als ging' ich mit dem Schulmeister zur Tür hinein, vor dem die Minuten des Tages hinstehn wie Honigzellen – er schöpfet eine um die andre aus, und jede Minute trägt einen weitern Honigkelch. Für eine Pension auf Lebenlang ist dennoch der Kantor nicht vermögend, sich auf der ganzen Erde ein Haus zu denken, in dem jetzo nicht Sonntag, Sonnenschein und Freude wäre; nein! – Das zweite, was er unten nach der Türe auftat, war ein Oberfenster, um einen auf- und niederwallenden Schmetterling – einen schwimmenden Silberflitter, eine Blumen-Folie und *Amors* Ebenbild aus *Hymens* Stube fortzulassen. Dann fütterte er seine Vogel-Kapelle in den Bauern zum voraus auf den lärmenden Tag und fiedelte auf der väterlichen Geige die Schleifer zum Fenster hinaus, an denen er sich aus der Fastnacht an die Hochzeitnacht herangetanzt. Es schlägt erst 5 Uhr, mein Trauter, wir haben uns nicht zu übereilen! Wir wollen die zwei Ellen lange Halsbinde (die du dir ebenfalls, wie früher die Braut, antanzest, indem die Mutter das andre Ende hält) und das Zopfband glatt umhaben, noch zwei völlige Stunden vor dem Läuten. Gern gäb' ich den Großvaterstuhl und den Ofen, dessen Assessor ich bin, dafür, wenn ich mich und meine Zuhörerschaft jetzt zu transparenten Sylphiden zu verdünnen wüßte; damit unsere ganze Brüderschaft dem zappelnden Bräutigam ohne Störung seiner stillen Freude in den Garten nachflöge, wo er für ein weibliches Herz, das weder ein diamantnes noch ein welsches ist, auch keine Blumen, die es sind, abschneidet, sondern lebende – wo er die blitzenden Käfer und Tautropfen aus den Blumenblättern schüttelt und gern auf den Bienenrüssel wartet, den zum letzten Male der mütterliche Blumenbusen säuget – wo er an seine Knaben-Sonntagmorgen denkt und an den zu engen Schritt über die Beete und an das kalte Kanzelpult, auf welches der Senior seinen Strauß auflegte. Gehe nach Haus, Sohn deines Vorfahrers, und schaue am achten Junius dich nicht gegen Abend um, wo der stumme, sechs Fuß dicke Gottesacker über manchen Freunden liegt, sondern gegen Morgen, wo du die Sonne, die Pfarrtüre und deine hineinschlüpfende Justine sehen kannst, welche die Frau Patin nett ausfrisieren und einschnüren will. Ich merk' es leicht, daß meine Zuhörer wieder in Sylphiden verflüchtigt werden wollen, um die Braut zu umflattern; aber sie siehts nicht gern.

Endlich lag der himmelblaue Rock – die Livreefarbe der Müller und Schulmeister – mit geschwärzten Knopflöchern und die plättende Hand seiner Mutter, die alle Brüche hob, am Leibe des Schulmeisterleins, und es darf nur Hut und Gesangbuch nehmen. Und jetzt – ich weiß gewiß auch, was Pracht ist, fürstliche bei fürstlichen Vermählungen, das Kanonieren, Illuminieren, Exerzieren und Frisieren dabei; aber mit der Wutzischen Vermählung stell' ich doch dergleichen nie zusammen: sehet nur dem Mann hintennach, der den Sonnen- und Himmelweg zu seiner Braut geht und auf den andern Weg drüben nach dem Alumneum schauet und denkt: »wer hätt's vor vier Jahren gedacht«; ich sage, sehet ihm nach! Tut es nicht auch die Auenthaler Pfarrmagd, ob sie gleich Wasser trägt, und henkt einen solchen prächtigen vollen Anzug bis auf jede Franse in ihren Gehirn- und Kleiderkammern auf? Hat er nicht eine gepuderte Nasen- und Schuhspitze? Sind nicht die roten Torflügel seines Schwiegervaters aufgedreht, und schreitet er nicht durch diese ein, indes die von der Haarkräuslerin abgefertigte Verlobte durch das Hoftürchen schleicht? Und stoßen sie nicht so möbliert und überpudert aufeinander, daß sie das Herz nicht haben, sich Guten Morgen zu bieten? Denn haben beide in ihrem Leben etwas Prächtigers und Vornehmeres gesehen als sich einander heute? Ist in dieser verzeihlichen Verlegenheit nicht der lange Span ein Glück, den der kleine Bruder zugeschnitzt und den er der Schwester hinreckt, damit sie darum wie um einen Weinpfahl die Blumen-Staude und Geruch-Quaste für des Kantors Knopfloch winde und gürte? Werden neidsüchtige Damen meine Freunde bleiben, wenn ich meinen Pinsel eintunke und ihnen damit vorfärbe die Parüre der Braut, das zitternde Gold statt der Zitternadel im Haar, die drei goldnen Medaillons auf der Brust mit den Miniaturbildern der deutschen Kaiser[3] und tiefer die in Knöpfe zergossenen Silberbarren? ... Ich könnt' aber den Pinsel fast jemand an den Kopf werfen, wenn mir beifällt, mein Wutz und seine gute Braut werden mir, wenns abgedruckt ist, von den Koketten und anderem Teufelszeuge gar ausgelacht: glaubt ihr denn aber, ihr städtischen destillierten und tätowierten Seelenverkäuferinnen, die ihr alles an Mannspersonen messet und liebt, ihr Herz ausgenommen, daß ich oder meine meisten Herren Leser dabei gleichgültig bleiben könnten, oder daß wir nicht alle eure gespannten Wangen, eure zuckenden Lippen, eure mit Witz und Begierde sengenden Augen und eure jedem Zufall gefügigen Arme und selber euere empfindsamen Deklamatorien mit Spaß hingäben für einen einzigen Auftritt, wo die Liebe ihre Strahlen in dem Morgenrot des Schämens bricht, wo die unschuldige Seele sich vor jedem Aug' entkleidet, ihr eignes ausgenommen, und wo hundert innere Kämpfe das durchsichtige Angesicht beseelen, und kurz worin mein Brautpaar selbst agierte, da der alte lustige Kauz von Schwiegervater beider gekräuselten und weißblühenden Köpfe habhaft wurde und sie gescheit zu einem Kuß zusammenlenkte? Dein freudiges Erröten, lieber Wutz! – und dein verschämtes, liebe Justine! –

Wer wird überhaupt diesen und dergleichen Sachen kurz vor seinen Sponsalien schärfer nachdenken und nachher delikater spielen als gegenwärtiger Lebensbeschreiber selber?

---

[3] In manchen deutschen Gegenden tragen die Mädchen drei Dukaten am Halse.

Der Lärm der Kinder und Büttner auf der Gasse und der Rezensenten in Leipzig hindern ihn hier, alles ausführlich herzusetzen, die prächtigen Eckenbeschläge und dreifachen Manschetten, womit der Bräutigam auf der Orgel jede Zeile des Chorals versah – den hölzernen Engelfittich, woran er seinen Kurhut zum Chor hinaushing – den Namen Justine an den Pedalpfeifen – seinen Spaß und seine Lust, da sie einander vor der Kirchenagende (der Goldnen Bulle und dem Reichsgrundgesetze des Eheregiments) die rechten Hände gaben und da er mit seinem Ringfinger ihre hohle Hand gleichsam hinter einem Bettschirm neckte – und den Eintritt in die Hochzeitstube, wo vielleicht die größten und vornehmsten Leute und Gerichte des Dorfs einander begegneten, ein Pfarrer, eine Pfarrerin, ein Subpräfektus und eine Braut. Es wird aber Beifall finden, daß ich meine Beine auseinander setze und damit über die ganze Hochzeittafel und Hochzeittrift und über den Nachmittag wegschreite, um zu hören, was sie abends angeben – einen und den andern Tanz gibt der Subpräfektus an. Es ist im Grunde schon alles außer sich – Ein Tobak-Heerrauch und ein Suppen-Dampfbad woget um drei Lichter und scheidet einen vom andern durch Nebelbänke – Der Violencellist und der Violinist streichen fremdes Gedärm weniger, als sie eignes füllen – Auf der Fensterbrüstung guckt das ganze Auenthal als Galerie zappelnd herein, und die Dorfjugend tanzt draußen, dreißig Schritte von dem Orchester entfernt, im ganzen recht hübsch – Die alte Dorf-La Bonne schreiet ihre wichtigsten Personalien der Seniorin vor, und diese nieset und hustet die ihrigen los, jede will ihre historische Notdurft früher verrichten und sieht ungern die andre auf dem Stuhle seßhaft – Der Senior sieht wie ein Schoßjünger des Schoßjüngers Johannes aus, welchen die Maler mit einem Becher in der Hand abmalen, und lacht lauter, als er predigt – Der Präfektus schießet als Elegant herum und ist von niemand zu erreichen – Mein Maria plätschert und fährt unter in allen vier Flüssen des Paradieses, und des Freuden-Meers Wogen heben und schaukeln ihn allmächtig. – Bloß die eine Brautführerin (mit einer zu zarten Haut und Seele für ihren schwielenvollen Stand) hört die Freuden-Trommel wie von einem Echo gedämpft und wie bei einer Königleiche mit Flor bezogen, und die stille Entzückung spannt in Gestalt eines Seufzers die einsame Brust. – Mein Schulmeister (er darf zweimal im Küchenstück herumstehen) tritt mit seiner Trauunghälfte unter die Haustür, deren dessus de porte ein Schwalben-Globus ist, und schauet auf zu dem schweigenden glimmenden Himmel über ihm und denkt, jede große Sonne gucke herunter wie ein Auenthaler und zu seinem Fenster hinein ... Schiffe fröhlich über deinen verdunstenden Tropfen Zeit, du kannst es; aber wir könnens nicht alle: die eine Brautführerin kanns auch nicht – Ach, wär' ich wie du an einem Hochzeitmorgen dem ängstlichen, den Blumen abgefangnen Schmetterling begegnet, wie du der Biene im Blütenkelch, wie du der um 7 Uhr abgelaufnen Turmuhr, wie du dem stummen Himmel oben und dem lauten unten: so hätt' ich ja daran denken müssen, daß nicht auf dieser stürmenden Kugel, wo die Winde sich in unsre kleinen Blumen wühlen, die Ruhestätte zu suchen sei, auf der uns ihre Düfte ruhig umfließen, oder ein Auge ohne Staub zu finden, ein Auge ohne *Regentropfen*, die jene Stürme an uns werfen – und wäre die blitzende Göttin der Freude so nahe an meinem Busen gestanden: so hätt' ich doch auf jene Aschenhäufchen hinübergesehen, zu denen sie mit ihrer Umarmung, aus der Sonne gebürtig und nicht aus unsern Eiszonen, schon die armen Menschen verkalkte; – und o wenn mich schon die vorige Beschreibung eines großen Vergnügens so traurig zurückließ: so müßt' ich, wenn erst du, aus ungemessenen Höhen in die tiefe Erde hineinreichende Hand! mir eines, wie eine Blume auf einer Sonne gewachsen, herniederbrächtest, auf diese Vaterhand die Tropfen der Freude fallen lassen und mich mit dem zu schwachen Auge von den Menschen wegwenden ...

Jetzt, da ich dieses sage, ist Wutzens Hochzeit längst vorbei, seine Justine ist alt und er selber auf dem Gottesacker; der Strom der Zeit hat ihn und alle diese schimmernden Tage unter vier-, fünffache Schichten Bodensatz gedrückt und begraben; – auch an uns steigt dieser beerdigende Niederschlag immer höher auf; in drei Minuten erreicht er das Herz und überschlichtet mich und euch.

In dieser Stimmung sinne mir keiner an, die vielen Freuden des Schulmeisters aus seinem Freuden-Manuale mitzuteilen, besonders seine Weihnacht-, Kirchweih- und Schulfreuden – es kann vielleicht noch geschehen in einem Posthumus von Postskript, das ich nachliefere, aber heute nicht! Heute ists besser, wir sehen den vergnügten Wutz zum letzten Mal lebendig und tot und gehen dann weg.

Ich hätte überhaupt – ob ich gleich dreißigmal vor seiner Haustür vorübergegangen war – wenig vom ganzen Manne gewußt, wenn nicht am 12. Mai vorigen Jahrs die alte Justine unter ihr gestanden wäre und mich, da sie mich im Gehen meine Schreibtafel vollarbeiten sah, angeschrien hätte: ob ich nicht auch ein Büchermacher wäre. – »Was sonst, Liebe?«- versetzt' ich – »jährlich mach' ich dergleichen und schenke alles nachher dem Publiko.« – So möcht' ich dann, fuhr sie fort, mich auf ein Stündchen zu ihrem Alten hineinbemühen, der auch ein Buchmacher sei, mit dem es aber elend aussehe.

Der Schlag hatte dem Alten, vielleicht weil er eine Flechte talersgroß am Nacken hineingeheilet, oder vor Alter, die linke Seite gelähmt. Er saß im Bette an einer Lehne von Kopfkissen und hatte ein ganzes Warenlager, das ich sogleich spezifizieren werde, auf dem Deckbette vor sich. Ein Kranker tut wie ein Reisender – und was ist er anders? – sogleich mit jedem bekannt; so nahe mit dem Fuße und Auge an erhabnern Welten, macht man in dieser räudigen keine Umstände mehr. Er klagte, es hätte sich seine Alte schon seit drei Tagen nach einem Bücherschreiber umschauen müssen, hätt' aber keinen ertappt, außer eben; »er müss' aber einen haben, der seine Bibliothek übernehme, ordne und inventiere und der an seine Lebensbeschreibung, die in der ganzen Bibliothek wäre, seine letzten Stunden, falls er sie jetzt hätte, zur Komplettierung gar hinanstieße; denn seine Alte wäre keine Gelehrtin und seinen Sohn hätt' er auf drei – Wochen auf die Universität Heidelberg gelassen.«

Seine Aussaat von Blattern und Runzeln gab seinem runden kleinen Gesichtchen äußerst fröhliche Lichter; jede schien ein lächelnder Mund: aber es gefiel mir und meiner Semiotik nicht, daß seine Augen so blitzten, seine Augenbrauen und Mund-Ecken so zuckten und seine Lippen so zitterten.

Ich will mein Versprechen der Spezifikation halten: auf dem Deckbette lag eine grüntaftne Kinderhaube, wovon das eine Band abgerissen war, eine mit abgegriffnen Goldflitterchen überpichte Kinderpeitsche, ein Fingerring von Zinn, eine Schachtel mit Zwerg-Büchelchen in 128-Format, eine Wanduhr, ein beschmutztes Schreibbuch und ein Finkenkloben fingerlang. Es waren die Rudera und Spätlinge seiner verspielten Kindheit. Die Kunstkammer dieser seiner *griechischen Altertümer* war von jeher unter der Treppe gewesen – denn in einem Haus, das der Blumenkübel und Treibkasten eines einzigen Stammbaums ist, bleiben die Sachen jahrfunfziglang in ihrer Stelle ungerückt –; und da es von seiner Kindheit an ein Reichsgrundgesetz bei ihm war, alle seine Spielwaren in geschichtlicher Ordnung aufzuheben, und da kein Mensch das ganze Jahr unter die Treppe guckte als er: so konnt' er noch am Rüsttage vor seinem Todestage diese Urnenkrüge eines schon gestorbenen Lebens um sich stellen und sich zurückfreuen, da er sich nicht mehr vorauszufreuen vermochte. Du konntest freilich, kleiner Maria, in keinen *Antikentempel* zu Sanssouci oder zu Dresden eintreten und darin vor dem *Weltgeiste der schönen Natur der Kunst* niederfallen; aber du konntest doch in deine Kindheit-Antiken- *Stiftshütte* unter der finstern Treppe gucken, und die Strahlen der auferstehenden Kindheit spielten, wie des gemalten Jesuskindes seine im Stall, an den düstern Winkeln! O wenn größere Seelen als du aus der ganzen Orangerie der Natur so viel süße Säfte und Düfte sögen als du aus dem zackigen grünen Blatte, an das dich das Schicksal gehangen: so würden nicht Blätter, sondern Gärten genossen, und die bessern und doch glücklichern Seelen verwunderten sich nicht mehr, daß es *vergnügte* Meisterlein geben kann.

Wutz sagte und bog den Kopf gegen das Bücherbrett hin: »Wenn ich mich an meinen ernsthaften Werken matt gelesen und korrigiert: so schau' ich stundenlang diese Schnurrpfeifereien an, und das wird hoffentlich einem Bücherschreiber keine Schande sein.«

Ich wüßt' aber nicht, womit der Welt in dieser Minute mehr gedient ist, als wenn ich ihr den räsonierenden Katalog dieser Kunststücke und Schnurrpfeifereien zuwende, den mir der Patient zuwandte. Den zinnenen Ring hatt' ihm die vierjährige Mamsell des vorigen Pastors, da sie miteinander von einem Spielkameraden ehrlich und ordentlich kopuliert wurden, als Ehepfand angesteckt –

das elende Zinn lötete ihn fester an sie als edlere Metalle edlere Leute, und ihre Ehe brachten sie auf vierundfunfzig Minuten. Oft wenn er nachher als geschwärzter Alumnus sie mit nickenden Federn-Standarten am dünnen Arme eines gesprenkelten Elegant spazieren gehen sah, dachte er an den Ring und an die alte Zeit. Überhaupt hab' ich bisher mir unnütze Mühe gegeben, es zu verstecken, daß er in alles sich verliebte, was wie eine Frau aussah; alle Fröhliche seiner Art tun dasselbe; und vielleicht können sie es, weil ihre Liebe sich zwischen den beiden Extremen von Liebe aufhält und beiden abborgt, so wie der Busen Band und Kreole der platonischen und der epikurischen Reize ist. – Da er seinem Vater die Turmuhr aufziehen half, wie vorzeiten die Kronprinzen mit den Vätern in die Sitzungen gingen: so konnte so eine kleine Sache ihm einen Wink geben, ein lackiertes Kästchen zu durchlöchern und eine Wanduhr daraus zu schnitzen, die niemals ging; inzwischen hatte sie doch, wie mehre Staatkörper, ihre langen Gewichte und ihre eingezackten Räder, die man dem Gestelle nürnbergischer Pferde abgehoben und so zu etwas Besserem verbraucht hatte. – Die grüne Kinderhaube, mit Spitzen gerändert, das einzige Überbleibsel seines vorigen vierjährigen Kopfes, war seine Büste und sein Gipsabdruck vom kleinen Wutz, der jetzt zu einem großen ausgefahren war. Alltags-Kleider stellen das Bild eines toten Menschen weit inniger dar als sein Porträt; – daher besah Wutz das Grün mit sehnsüchtiger Wollust, und es war ihm, als schimmere aus dem Eis des Alters eine grüne Rasenstelle der längst überschneieten Kindheit vor. »Nur meinen Unterrock von Flanell«, sagte er, »sollt' ich gar haben, der mir allemal unter den Achseln umgebunden wurde!« – Mir ist sowohl das erste Schreibbuch des Königs von Preußen als das des Schulmeisters Wutz bekannt, und da ich beide in Händen gehabt: so kann ich urteilen, daß der König als Mann und das Meisterlein als Kind schlechter geschrieben. »Mutter«, sagt' er zu seiner Frau, »betracht doch, wie dein Mann hier (im Schreibbuch) und wie er dort (in seinem kalligraphischen Meisterstück von einem Lehnbrief, den er an die Wand genagelt) geschrieben: ich fress' mich aber noch vor Liebe, Mutter!« Er prahlte vor niemand als vor seiner Frau; und ich schätze den Vorteil so hoch, als er wert ist, den die Ehe hat, daß der Ehemann durch sie noch ein zweites Ich bekommt, vor welchem er sich ohne Bedenken recht herzlich loben kann. Wahrhaftig das deutsche Publikum sollte ein solches zweites Ich von uns

Autoren abgeben! – Die Schachtel war ein Bücherschrank der lilliputischen Traktätchen in Fingerkalender-Format, die er in seiner Kindheit dadurch herausgab, daß er einen Vers aus der Bibel abschrieb, es heftete und bloß sagte: »Abermals einen recht hübschen Cober[4] gemacht!« Andre Autores vermögen dergleichen auch, aber erst wenn sie herangewachsen sind. Als er mir seine jugendliche Schriftstellerei referierte, bemerkte er: »Als ein Kind ist man ein wahrer Narr; es stach aber doch schon damals der Schriftstellertrieb hervor, nur freilich noch in einer unreifen und lächerlichen Gestalt« und belächelte zufrieden die jetzige. – Und so gings mit dem Finkenkloben ebenfalls: war nicht der fingerlange Finkenkloben, den er mit Bier bestrich und auf dem er die Fliegen an den Beinen fing, der Vorläufer des armlangen Finkenkloben, *hinter* dem er im Spätherbst seine schönsten Stunden zubrachte, wie *auf* ihm die Finken ihre häßlichsten? Das Vogelstellen will durchaus ein in sich selber vergnügtes stilles Ding von Seele haben.

Es ist leicht begreiflich, daß seine größte Krankenlabung ein alter Kalender war und die abscheulichen 12 Monatkupfer desselben. In jedem Monat des Jahrs machte er sich, ohne vor einem Galerieinspektor den Hut abzunehmen oder an ein Bilderkabinett zu klopfen, mehr malerische und artistische Lust als andre Deutsche, die abnehmen und anklopfen. Er durchwanderte nämlich die 11 Monat-Vignetten – die des Monats, worin er wanderte, ließ er weg – und phantasierte in die Holzschnitt-Auftritte alles hinein, was er und sie nötig hatten. Es mußte ihn freilich in gesunden und in kranken Tagen letzen, wenn er im Jenner-Winterstück auf dem abgerupften schwarzen Baum herumstieg und sich (mit der Phantasie) unter den an der Erde aufdrückenden Wolkenhimmel stellte, der über den Winterschlaf der Wiesen und Felder wie ein Betthimmel sich hinüberkrümmte. – Der ganze Junius zog sich mit seinen langen Tagen und langen Gräsern um ihn herum, wenn er seine Einbildung den Junius-Landschaft-Holzschnitt ausbrüten ließ, auf welchem kleine Kreuzchen, die nichts als Vögel sein sollten, durch das graue Druckpapier flogen und auf dem der Holzschneider das fette Laubwerk zu Blättergerippen mazerierte. Allein wer Phantasie hat,

---

[4] Cobers Kabinettsprediger – in dem mehr Geist steckt (freilich oft ein närrischer) als in zwanzig jetzigen ausgelaugten Predigthaufen.

macht sich aus jedem Abschnitzel eine wundertätige Reliquie, aus jedem Eselkinnbacken eine Quelle; die fünf Sinne reichen ihr nur die Kartons, nur die Grundstriche des Vergnügens oder Mißvergnügens.

Den Mai überblätterte der Patient, weil der ohnehin um das Haus draußen stand. Die Kirschblüten, womit der Wonnemond sein grünes Haar besteckt, die Maiblümchen, die als Vorsteckrosen über seinem Busen duften, beroch er nicht – der Geruch war weg –, aber er besah sie und hatte einige in einer Schüssel neben seinem Krankenbette.

Ich habe meine Absicht klug erreicht, mich und meine Zuhörer fünf oder sechs Seiten von der traurigen Minute wegzufahren, in der vor unser aller Augen der Tod vor das Bett unsers kranken Freundes tritt und langsam mit eiskalten Händen in seine warme Brust hineindringt und das vergnügt schlagende Herz erschreckt, fängt und auf immer anhält. Freilich am Ende kommt die Minute und ihr Begleiter doch.

Ich blieb den ganzen Tag da und sagte abends, ich könnte in der Nacht wachen. Sein lebhaftes Gehirn und sein zuckendes Gesicht hatten mich fest überzeugt, in der Nacht würde der Schlag sich wiederholen; es geschah aber nicht, welches mir und dem Schulmeisterlein ein wesentlicher Gefallen war. Denn es hatte mir gesagt – auch in seinem letzten Traktätchen stehts –, nichts wäre schöner und leichter, als an einem heitern Tage zu sterben: die Seele sähe durch die geschlossenen Augen die hohe Sonne noch, und sie stiege aus dem vertrockneten Leib in das weite blaue Lichtmeer draußen; hingegen in einer finstern brüllenden Nacht aus dem warmen Leibe zu müssen, den langen Fall ins Grab so einsam zu tun, wenn die ganze Natur selber dasäße und die Augen sterbend zuhätte – das wäre ein zu harter Tod.

Um 11½ Uhr nachts kamen Wutzens zwei besten *Jugendfreunde* noch einmal vor sein Bette, der Schlaf und der Traum, um von ihm gleichsam Abschied zu nehmen. Oder bleibt ihr länger, und seid ihr zwei Menschenfreunde es vielleicht, die ihr den ermordeten Menschen aus den blutigen Händen des Todes holet und auf eueren wiegenden Armen durch die kalten unterirdischen Höhlungen mütterlich traget ins helle Land hin, wo ihn eine neue Morgensonne und neue Morgenblumen in waches Leben hauchen? –

Ich war allein in der Stube – Ich hörte nichts als den Atemzug des Kranken und den Schlag meiner Uhr, die sein kurzes Leben wegmaß – Der gelbe Vollmond hing tief und groß im Süden und bereifte mit seinem Totenlichte die Maiblümchen des Mannes und die stockende Wanduhr und die grüne Haube des Kindes – Der leise Kirschbaum vor dem Fenster malte auf dem Grund von Mondlicht aus Schatten einen bebenden Baumschlag in die Stube – Am stillen Himmel wurde zuweilen eine fackelnde Sternschnuppe niedergeworfen, und sie verging wie ein Mensch – Es fiel mir bei, die nämliche Stube, die jetzt der schwarz ausgeschlagene Vorsaal des Grabes war, wurde morgen vor 43 Jahren, am 13. Mai, vom Kranken bezogen, an welchem Tage seine elysischen Achtwochen angegangen – Ich sah, daß der, dem damals dieser Kirschbaum Wohlgeruch und Träume gab, dort im drückenden Traume geruchlos liege und vielleicht noch heute aus dieser Stube ausziehe und daß alles, alles vorüber sei und niemals wiederkomme ... und in dieser Minute fing Wutz mit dem ungelähmten Arme nach etwas, als wollt' er einen entfallenden Himmel erfassen – – und in dieser zitternden Minute knisterte der Monatzeiger meiner Uhr und fuhr, weils 12 Uhr war, vom 12. Mai zum 13. über ... Der Tod schien mir meine Uhr zu stellen, ich hörte ihn den Menschen und seine Freuden käuen, und die Welt und die Zeit schien in einem Strom von Moder sich in den Abgrund hinabzubröckeln! ...

Ich denke an diese Minute bei jedem mitternächtlichen Überspringen meines Monatzeigers; aber sie trete nie mehr unter die Reihe meiner übrigen Minuten!

Der Sterbende – er wird kaum diesen Namen lange mehr haben – schlug zwei lodernde Augen auf und sah mich lange an, um mich zu kennen. Ihm hatte geträumt, er schwankte als ein Kind sich auf einem Lilienbeete, das unter ihm aufgewallet – dieses wäre zu einer emporgehobnen Rosen-Wolke zusammengeflossen, die mit ihm durch goldne Morgenröten und über rauchende Blumenfelder weggezogen – die Sonne hätte mit einem weißen Mädchen-Angesicht ihn angelächelt und angeleuchtet und wäre endlich in Gestalt eines von Strahlen umflognen Mädchens seiner Wolke zugesunken und er hätte sich geängstigt, daß er den linken gelähmten Arm nicht um und an sie bringen können. – Darüber wurd' er wach aus seinem letzten oder vielmehr vorletzten Traum; denn auf den langen Traum des Lebens sind die kleinen bunten Träume der Nacht wie Phantasieblumen gestickt und gezeichnet.

Der Lebensstrom nach seinem Kopfe wurde immer schneller und breiter: er glaubte immer wieder, verjüngt zu sein; den Mond hielt er für die bewölkte Sonne; es kam ihm vor, er sei ein fliegender Taufengel, unter einem Regenbogen an eine Dotterblumen-Kette ausgehangen, im unendlichen Bogen auf- und niederwogend, von der vierjährigen Ringgeberin über Abgründe zur Sonne aufge-schaukelt ... Gegen 4 Uhr morgens konnte er uns nicht mehr sehen, obgleich die Morgenröte schon in der Stube war – die Augen blick-ten versteinert vor sich hin – eine Gesichtszuckung kam auf die and-re – den Mund zog eine Entzückung immer lächelnder auseinander – Frühling-Phantasien, die weder dieses Leben erfahren, noch jenes haben wird, spielten mit der sinkenden Seele – endlich stürzte der Todesengel den blassen Leichenschleier auf sein Angesicht und hob hinter ihm die blühende Seele mit ihren tiefsten Wurzeln aus dem körperlichen Treibkasten voll organisierter Erde ... Das Sterben ist erhaben; hinter schwarzen Vorhängen tut der einsame Tod das stille Wunder und arbeitet für die andre Welt, und die Sterblichen stehen da mit nassen, aber stumpfen Augen neben der überirdischen Szene ...

»Du guter Vater«, sagte seine Witwe, »wenn dirs jemand vor 43 Jahren hätte sagen sollen, daß man dich am 13. Mai, wo deine Achtwochen angingen, hinaustragen würde!« – »Seine Achtwo-chen«, sagt' ich, »gehen wieder an, dauern aber länger.«

Als ich um 11 Uhr fortging, war mir die Erde gleichsam heilig, und Tote schienen mir neben mir zu gehen; ich sah auf zum Him-mel, als könnt' ich im endlosen Äther nur in *einer* Richtung den Gestorbnen suchen; und als ich oben auf dem Berge, wo man nach Auenthal hineinschauet, mich noch einmal nach dem Leidensthea-ter umsah und als ich unter den rauchenden Häusern bloß das Trauerhaus unbewölkt dastehen und den Totengräber oben auf dem Gottesacker das Grab aushauen sah, und als ich das Leichen-läuten seinetwegen hörte und daran dachte, wie die Witwe im stummen Kirchturm mit rinnenden Augen das Seil unten reiße: so fühlt' ich unser aller Nichts und schwur, ein so unbedeutendes Le-ben zu verachten, zu verdienen und zu genießen. –

Wohl dir, lieber Wutz, daß ich – wenn ich nach Auenthal gehe und dein verrasetes Grab aussuche und mich darüber kümmere, daß die in dein Grab beerdigte Puppe des Nachtschmetterlings mit Flügeln daraus kriecht, daß dein Grab ein Lustlager bohrender Regenwürmer, reckender Schnecken, wirbelnder Ameisen und nagender Räupchen ist, indes du tief unter allen diesen mit unverrücktem Haupte auf deinen Hobelspänen liegst und keine liebkosende Sonne durch deine Bretter und deine mit Leinwand zugeleimten Augen bricht – wohl dir, daß ich dann sagen kann: »Als er noch das Leben hatte, genoß ers fröhlicher wie wir alle.«

Es ist genug, meine Freunde – es ist 12 Uhr, der Monatzeiger sprang auf einen neuen Tag und erinnerte uns an den doppelten Schlaf, an den Schlaf der kurzen und an den Schlaf der langen Nacht ...

Eigene Buchreihe oder eigenen Verlag gründen

Seit 2009 bietet tredition sein Verlagskonzept auch als sogenanntes "White-Label" an. Das bedeutet, dass andere Unternehmen, Institutionen und Personen risikofrei und unkompliziert selbst zum Herausgeber von Büchern und Buchreihen unter eigener Marke werden können. tredition übernimmt dabei das komplette Herstellungs- und Distributionsrisiko.

Zahlreiche Zeitschriften-, Zeitungs- und Buchverlage, Universitäten, Forschungseinrichtungen u.v.m. nutzen diese Dienstleistung von tredition, um unter eigener Marke ohne Risiko Bücher zu verlegen.

Alle Informationen im Internet: **www.tredition.de/fuer-verlage**

tredition wurde mit mehreren Innovationspreisen ausgezeichnet, u. a. mit dem Webfuture Award und dem Innovationspreis der Buch Digitale.

tredition ist Mitglied im Börsenverein des Deutschen Buchhandels.

Dieses Werk elektronisch lesen

Dieses Werk ist Teil der Gutenberg-DE Edition DVD. Diese enthält das komplette Archiv des Projekt Gutenberg-DE. Die DVD ist im Internet erhältlich auf **http://gutenbergshop.abc.de**